転生
ちびっこ召喚士、
伝説のもふもふと
異世界旅に出ます
過保護な家族に見守られながら、
相棒ケットシーとのんびりな日々
著 いちまる
絵 キッカイキ

CHARACTERS
ブッチ
ピーターの召喚獣。
かつて大召喚士に仕えた過去があり、
唯一魔法を使うことができるらしい。
ピーターを弟子だと思っている。
ピーター
偉大な召喚士を
輩出してきた伯爵家に転生し、
一流の召喚士を夢みている。
才能ゼロかと思いきや、
実はある秘密があって…。

ジェイセン
大酒飲みの自称・召喚士見習い。
いい加減に見えるが
鋭い一面もあったりと、
謎が多くどこか掴めない存在。
ベアトリクス
召喚士試験で出会った
エリート召喚士のたまご。
フェニックスが相棒で
かなりの才能があるものの、
強気すぎる性格がたまにきず。
ウィルマ
ピーターの専属メイド兼護衛。
のんびりとした性格だが
とんでもない戦闘力を誇り、
ブッチが恐れる唯一の存在。

CONTENTS

TENSEI
CHIBIKKO
SYOUKANSHI

転生ちびっこ召喚士、伝説のもふもふと異世界旅に出ます

過保護な家族に見守られながら、相棒ケットシーとのんびりな日々

いちまる
絵 キッカイキ

TENSEI
CHIBIKKO
SYOUKANSHI

第一章

その日、僕の運命は変わった。

「……いよいよ、だね……」

荘厳な広間の中央に立つ僕――ピーター・サンダースの周りを取り囲むのは、豪奢《ごうしゃ》な服を着て、大きな椅子に腰かける人々と、真っ白ないくつもの柱。

僕の前に立つのは、漆黒のローブを身に纏《まと》った老夫婦。

「では、ピーター様。この召喚陣に右手をかざし、『契約の誓言』を唱えてください」

老人の言葉に応え、僕はゆっくりと右手を突き出す。

足元の幾何学模様『召喚陣』を見つめ、ぐっと手に力を込める。

「こほん……『我が魂の紡《つむ》ぎを聞きし者よ、主の呼びかけに応えよ』！」

そして僕が声を張り上げた瞬間、手のひらと召喚陣が、青白く輝いた。

「おおッ!?」

薄暗い広間を照らすほどまばゆい光に、周囲から驚愕《きょうがく》の声が漏れた。

あの人達は皆、僕の家族だ。

僕がこれから何を成そうとしているのか、何を呼び出そうとしているのかを、期待と興奮の混じった目で見つめているんだ。

「すごい光です！　これだけの力、相当な力の召喚獣を呼び出すはず！」

「やっぱり、召喚士の血筋だけありますな！」

老夫婦すらワクワクとした様子を隠しきれない中、光はますます強くなる。

「光が、溢《あふ》れる……っ！」

とうとう、手で抑えられないほど光が強くなった時、それは不意に収まった。

吸い込まれるように消えてゆく光と、召喚陣の中心を僕が見つめていると、そこには先ほどまで影も形もなかった何かがいた。

間違いない。

この子が僕の、『召喚獣』。

兄や父の相棒のように強く、気高く、竜や獅子《しし》の如《ごと》く——。

「——なんだ、お前ら？」

——もふもふしてる。

——もふもふ、してる？

「「……あれ？」」

果たして、僕の前にいたのは、すさまじく精悍《せいかん》なドラゴンでも、伝説に名高いフェンリルでも、そのどちらでもなかった。

召喚陣の真ん中からむくりと起き上がり、頭をぼりぼりと掻《か》くのは、一匹の猫。

燕尾《えんび》服を纏い、ぶすっとむくれた顔をした、しゃべる猫だ。

「俺様を呼んだのは、そこのチビか？」

「え、あ、うん……」

その猫に声をかけられ、きょとんとしながらも、僕は頷《うなず》く。

僕の反応を見て、猫は心底つまらなさそうにため息をついた。

「この俺様をこんなショボい召喚陣で呼び出しやがって。言っとくが、従ってやる気なんて微《み》塵《じん》もねえから、期待すんなよ」

はあ、と肩をすくめる猫を見つめているうち、僕の肩からは力が抜けた。

周囲のざわめきも、一層大きくなる。

「と、ということは……この黒い毛玉が、ピーター様の召喚獣……!?」

「だぁ～れが毛玉だ！　引っかき回すぞ、クソジジイ！」

「しかも口も悪い！」

牙を剥《む》いて唸《うな》る黒猫を見て、老夫婦は焦りを隠せないみたいだった。

「まさか……」

「信じられん……！」

二人は顔を見合わせ、いそいそと僕の真正面に座る人——深いしわを刻んだ、厳めしい顔つきの男の人のところまで駆け寄った。

彼は僕の父親、デリック・サンダースだ。

「で、デリック様……ご子息様の召喚獣は、最低ランクの、ケットシー族です……！」

「そうか」

最低ランクの召喚獣。

薄々予想していた現実を、言葉として理解した僕の頭が、くらくらと揺れる。

そんな僕と、ゆっくりと立ち上がった父を、老夫婦が交互に見つめた。

「いかがなさいますか、デリック様？　どう考えても旅には出せなさそうな召喚獣ですが、それでも掟《おきて》に従い、ピーター様に試練を？」

「何であろうと例外はない。ピーター、お前を……」

物々しい声で、父は僕に宣告を下そうとした。

心臓の奥まで凍り付きそうな言葉を聞き、指先からつま先まで、血の気が引いていく。

「お、お前を……」

ところが、声が次第に小さく、細くなっていった。

どうしたんだろう、なんて僕が首を傾《かし》げるよりも先に、ついに声色までが変わった。

「――やだよぉ～っ！　いくら掟でも、かわいい息子を旅に出すなんてできないよぉ～っ！」

ぼろぼろと泣いて、我が子に縋《すが》る、過保護な父親の声に。

そう——僕の父様、デリック・サンダースはちょっと、いや、かなり過保護なんだ。

家の外を散歩するのにも護衛をつけるし、ナイフで指をうっかり切ってしまった時は、馬車を出して首都で一番大きな病院まで連れて行こうとしたんだから。

僕を想ってくれる気持ちはとっても嬉《うれ》しいんだけど、たまに困ったりもする。

「「え、ええー……」」

そんな父様を見る老夫婦の目は、やっぱり冷ややかだ。

というか、ちょっと引いてる。

もう五十手前にもなる、いかつい男性が鼻水垂らして泣いてるんだから、反応に困ると言えば困るんだけど。

「自分で言うのもなんだけど、サンダース家は召喚士の名家の中の名家だぞ⁉　先祖代々、契約する召喚獣は最高ランク、中には伝説の聖獣だっているのに⁉　おいお前、てきとうな召喚陣を作ったんじゃないだろうな！」

とうとう父様の感情の矛先が、老人に向いた。

「まさか！　我々夫婦は父親の代から四十年、人間界とアストラル界……召喚獣の住まう世界をつなぎ、円満な契約を結んできたんですよ！」

誰が止める間もなく、指を突きつけられた老人は、ムキになって反論する。

「改めて言います！　ピーター様の召喚獣は、あそこの黒いケットシーです！」

老人の言う通り、今だに召喚陣の真ん中でゴロゴロしてる黒猫――ケットシーが、僕の永遠のパートナーである、召喚獣だ。

さて、さっきからずっと話に出ている『召喚士』だとか、『召喚獣』というのは、この剣と魔法の世界における特別な職業なんだ。

この世界では、特別な才能を持つ十二歳までの子供は、召喚獣という摩訶不思議《まかふしぎ》な生き物を、別世界『アストラル界』から呼び出す機会を与えられる。

不思議な力を操り、人々を助け、邪悪を打ち倒すのが召喚士。

僕の父様だけじゃなく、僕の血筋は、そんな召喚士の名門として国に名を轟《とどろ》かせるサンダース家だ。

だからこそ、皆は驚き、戸惑っている。

はたから見れば、成功が約束されるほどの偉大な召喚士の血を継ぐ僕が、最もランクの低い召喚獣を呼び出したんだから。

僕としては、ケットシーなんて愛らしい召喚獣が来た時点で、ちょっぴり嬉しいけれど。

「余計にダメじゃん、まだ十歳とちょっとの息子を試練なんかに出したら大変な目に遭うじゃん！」

唇を真一文字に結んだ僕の周りをぐるぐると歩きながら、父様はわんわんと騒ぐ。

ちょっと頼りないように見えるけど、父様もかつては真紅の竜を従えて、召喚士として国に大きく貢献した、歴史に名を残すほどの偉人だ。

「今回だけは特例ってことにしてさ、ピーターも旅に出るのはやめておこう、な！」

でも、今はちょっと、そうは見えないかな。

だって、僕を心配するあまり、掟を破ろうとするんだもの。

こんなに僕の身を案じてくれる父様の気持ちは、やっぱりすごく嬉しい――嬉しいんだけど、なんというか、口端が引きつってしまう。

僕が呼んだ黒猫ですら、のそりと起き上がって、騒ぐ父様を隣で見つめるくらいだ。

「なんだありゃ、お前の父親か？」

「そ、そうだね……」

まだ十二歳の僕の腰くらいしかない背丈のケットシーは、こうして見ると愛らしい。

顎《あご》を突き出したり、大袈裟《おおげさ》なため息をついたりと、ちょっとおじさんっぽい態度がなかったら、本当にキュートな猫にしか見えなかったかも。

悪口じゃなくて、実際、おじさんみたいな動きが多いんだよね。

このケットシー、歳はいくつなんだろう……僕よりもずっと年上、なのかな？

「ピ～タ～！　お前に万が一のことがあったら、パパは……」

そのうち、父様が僕の方に駆け寄ってきた。

いつもならハグするんだけど、涙と鼻水塗《まみ》れの父様は、ちょっと勘弁してほしい。

「なーにを女々しいこと言ってんだいっ！」

「あいたーっ!?」

なんて思っていると、いきなり父様の尻が蹴飛ばされた。

名高い召喚士の尻に強烈な蹴りを入れられる人なんて、僕は一人しか知らない。

「アマンダ母様！」

デリック・サンダースの妻にして僕の母様、アマンダ・サンダース。

腕を組んで仁王立ちするロングパーマの母様は、いわゆる「肝っ玉母さん」だ。

自分も召喚士だった過去を持ち、何かと弱気な父様の背中を押すか、蹴り上げるのがこの人の仕事だね。

もっとも、この母様がいるおかげで、父様の仕事もはかどるのだけれど。

「まったく、サンダース家の掟は絶対だろう!?　あんたも、この子達も、十二歳になったら立派な召喚士になる旅をして戻ってくるって、掟を守ったじゃないか！」

ふん、と鼻息を噴く母様の後ろから、二人の男性が顔を覗《のぞ》かせる。

「そうですよ、父様。何事にも例外はありません」

「確かに召喚獣のランクが低いのには驚きましたが、この子は聡《さと》い子です。俺達が思うよりもきっと、ずっと強いはずですよ」

「エイブラムス兄様、ラムダ兄様！」

二人とも僕の親族、尊敬すべきエイブラムス兄様と、ラムダ兄様だ。

すらりとした体躯《たいく》にハンサムな顔立ち、父様と同じ青い髪の二人も、僕と同じように召喚獣と契約して、いまや立派な召喚士だ。

どちらも驚くほどランクの高い召喚獣を呼び出した、だけじゃなくて、召喚士としての実績もあって、とてもすごい人なんだよ。

「それに、召喚獣の強さは、ランクだけで決まるものではない。ピーター、お前もすぐにわかる。だから、がっかりすることはないんだぞ」

エイブラムス兄様が僕の肩に手を置くと、母様が僕の前まで来て言った。

「ピーター。あんたは一か月後、共和国に認められるための『召喚士試験』を受ける旅に出なきゃいけない。私達も誰も助けてやれない、一人きりの試練だよ」

「もしも不安だったり、怖かったりって気持ちがあるなら、ここで言いなさい」

兄様や母様が、僕の心境や不安を案じてくれているのが、よくわかる。

でも、召喚の儀で失敗したからといって、それに甘えるのは良くないというのもわかる。

何より、皆の期待に応えなきゃいけないいんだ。

誰のせいにもせず、くよくよしないで前を向くってのは、サンダース家の家訓みたいなものだしね。

「……受けます。僕は、サンダース家の試練を受けます」

深く頷いて告げると、アマンダ母様が、僕の背中を強く叩《たた》いた。

「よく言った！　皆、決まりだよ！」

広間に集まってくれた家族や召使い達の前で、母様が手を広げて宣言する。

兄様の時にも見た光景が、今度は自分の番なんだって実感できる。

「このピーター・サンダースは、『金等級』の召喚士になる旅に出る！　屋敷一同、立派な男になれるよう、手伝ってやっておくれ！」

「「はいっ！」」

老若男女入り混じった返事を聞いて、また父様の目から涙が滝みたいに流れ出した。

「うおぉ～ん！　ピーター、私の知らないうちに成長したなんて、感動したぁ～っ！」

二人の兄様がなだめているのを、母様は心底情けないと言いたげに見つめてから、僕の方に肩を回してこっそり耳打ちした。

「……でも、辛《つら》くなったらこっそり帰ってきな。あたしらはいつでも、あんたの味方さ」

「……ありがとう、母様……」

ありがたみと申し訳なさ、半々の僕の隣では、ケットシーがあくびをしてた。

せっかく僕の呼びかけに応えてくれたんだ、いくら才能がなくったって、彼と一緒に頑張っていきたい。

うん、今度こそ、元気な人生を全うしてみせる。

そう誓って、誰にも見えないように、僕は拳を少しだけ強く握りしめた。

――僕には秘密がある。

――一つは、前世の記憶を持っているということ。

――そしてもう一つは、死んだ時、神様と転生の約束をしたということ。

――健康な体の代償として、『大切なもの』を失うという約束を。

第二章

前世の僕は、驚くほど体が弱かった。

生まれつき、まだ世界的に見ても症例が少ない病気に罹《かか》っていて、人生のほとんどを病院で過ごした。

歩くのも苦しいし、走れば体中に激痛が奔《はし》って立ち上がれなくなる。

何もしなくても肺がいきなり締め付けられて、呼吸が苦しくなって、病院の奥まったところにある部屋に担ぎ込まれる。

最期を迎える二、三年ほど前になると、ほぼベッドの上から出られなかった。

早いうちに死ぬと知っていたから、死に対する恐怖はあまりなかった。

むしろ、病室の外で、父が、母が泣き崩れるさまを見る方がずっと辛くて、その時ばかりは弱い体に生まれた自分を恨んだ。

それでも頑張って、頑張って、頑張って生きた。

お医者さんが「信じられない」と驚くほど生きた末に——僕は十六歳で死んだ。

ゆっくりと目を閉じて、あの世に向かう時を待っていた僕だけど、代わりに向かったのは天国への階段とかじゃなく、ちょっぴり薄暗い無機質な部屋だった。

もしかして、地獄なのかな？

嫌な予感が胸をよぎった時、部屋に声が響いた。

『――望むなら、お前にもう一度、生きる機会をくれてやろう』

部屋よりもずっと無機質な声が、頭の中に直接響いてくる。

神様の声なのかな、あるいは悪魔の声？

『次の人生では、今よりもずっと活発に、外の世界を走り回れるようにしてやってもいい』

なんて考えていた僕に、その声は信じられない提案をしてきた。

僕がずっと望んできた願い――走れる体をくれるって言ってきたんだ。

『だが、代償として大切なものを一つ失う。どうする、死と生、どちらを選ぶ？』

声が提示してきたのは、迎え入れる死と、新たな生。

この声の正体が神様じゃなく、恐るべき悪魔だったなら、僕は今、間違いなく手のひらで転がされてるに違いない。

だけど、だとしても、僕は諦めたくない。

神様だって、悪魔だって、関係ない。

広い世界を思い切り駆け抜けられるなら、一つくらい何かを失ったって構うもんか。

「……健康な体が手に入るのなら、受け入れます」

『いいだろう。では、これからのお前の名は――ピーター・サンダースだ』

不思議な声が途切れるのと同時に、僕の意識はぷっつりと途絶えた。

そして僕は転生した――剣と魔法のファンタジーの世界に住まうサンダース伯爵の息子、ピーター・サンダースとして。

深い焦げ茶色のショートヘアに母様譲りの青く大きな瞳。

自分で言うのもなんだけど、愛らしい顔立ちに生まれてきたと思う。

前世の記憶と知識を持ったまま僕が生まれ変わった先は、幸いにもヘルベイン共和国でも比較的裕福なサンダース伯爵家の末っ子。

それだけでもありがたいのに、僕には神様から、元気な体を与えられたんだ。

転生した僕の体は信じられないほど健康で、前世ではできなかったことが何でもできた。

走り回ったり、跳び回ったり、腕力も脚力も同年代以上のものだ。

生まれた時から物心がついていた僕が、毎日のようにいろんなところを駆け回ったり、跳び回ったりするのも、当然だよね。

「ピーター坊ちゃま、危ないですよーっ！」

「ううん、大丈夫！　こんな風に、おりゃあ！」

召使いやメイド、衛兵の心配をよそに、二階から飛び降りたことだってある。

さすがにあの時は母様に大目玉をくらっちゃったけど、だとしても、僕は目いっぱい体を動かすのをやめられなかった。

なんせ、前世じゃあどれだけ手を伸ばしても得られなかった、健《すこ》やかな体なんだから。

そんな僕のやんちゃぶりを、皆は楽しそうに、ちょっと困ったように見守ってくれた。

「いやあ……坊ちゃまは元気でございますなあ」

「兄様達とのフィールドワークにも、あのお歳でついていかれるくらいだからね。きっと、立派な召喚獣を呼び出されるはずだ」

「そしたら、サンダース家の将来も安泰ね！」

誰も彼もが、僕の将来に期待してくれてた。

期待に応えたいと思ったし、今度こそ自分のやりたいことを、健康な体で思いっきりやるんだって決めた。

僕より先に召喚士になった兄様が遠出すると聞けば、どれだけの大自然でもついて行ったし、ケガなんて一つもしなかった。

ただ、僕が五つか六つになる頃、サンダース家が代々召喚士の名家で、多くの偉人を輩出してきたと聞いてから、少しだけ僕の考えが変わった。

その時からだ——心のどこかで、失うものへの恐れが生まれたのは。

神様の言葉を思い出したんだ——『大切なもの』を失うという約束の言葉を。

何を失うのかは、薄々、予想ができてた。

そうあってほしくないと思うあまり、時折夜に目が覚めて寝付けなかった。

そして、不安は現実になった。

呼び出した召喚獣のサイズや稀少性《きしょうせい》で才能が決まる世界で、僕が召喚したのは、「最も簡単に呼びかけられる」とすら本に記されるほどのケットシー族。

すなわちそれは、召喚士の才能の欠落の証《あかし》。

これこそが、神様の言っていた『失うもの』だったのかもしれない。

召喚士の名門でただ一人、僕だけが召喚士としての才能を持ち得ていなかったんだ。

周りの期待に応えられない虚しさのせいか、それとも申し訳なさからか、きっと『召喚の儀』が終わってからの僕は、ひどい顔をしていたと思う。

だから、広間を出て自分の部屋に戻るまで、誰も僕に声をかけなかった。

大きなため息と一緒に、広いベッドに飛び込み、僕は目を閉じる。

(未熟な僕に召喚されて、ケットシーの彼も、残念に思っているかも……)

才能がない僕に呼び出されたケットシーも、きっとがっかりしてるだろうなあ。

もっと素敵な召喚士に呼ばれていれば、なんて言われた日には、立ち直れないよ。

「はぁ……」

ごろりと仰向けになって、またため息をついた僕の視界に、ケットシーが入ってきた。

「なんだ、随分としけた顔をしてるな」

燕尾服を着た黒猫は、ひげを爪で揺らしながら、僕の前で眉を吊《つ》り上げる。

「さしずめ、フェンリルやファフニール、グラムって超レアものの召喚獣を期待してたのに、最低ランクのケットシー族が来たのが残念だ、ってとこか？」

ケットシーが言う名前は、どれも最高ランクの力を持つ召喚獣だ。

グラムは意志を持つ巨大な甲冑《かっちゅう》騎士、フェンリルは巨大な顎と火を吹く能力を持つ灰色の狼《おおかみ》、ファフニールは変身能力を持つ金色のドラゴン。

特にフェンリルとファフニールは、それぞれエイブラムス兄様とラムダ兄様の召喚獣でもある。

初めて姿を見せてもらえた時、あまりの神々しさに、見惚《みと》れたのを思い出すなあ。

なんて、憧れの日々が脳裏をよぎる中、僕は天井を意味もなく見つめた。

「君のせいじゃないよ。父様や母様、兄様の期待に応えられなかった、自分の才能のなさにうんざりしてるんだ」

「ハッ。んなもん、召喚された方がよく知ってるっつーの。ケットシー族なんざ、どれだけ才能がない奴《やつ》でもアストラル界から引っ張ってこれる、底辺中の底辺だぞ」

「自分で言って、がっかりしないの……？」

「まぁな。自分より情けない奴がいると、気にはならねえよ」

「な、情けないって言わないでよ……」

仰向けで縮こまる僕を見て、ケットシーがにやりと笑う。

しゃべり方や皮肉っぽい口ぶりからして、このケットシーは随分なひねくれ者だ。

「だがまあ、同情はするぜ？　広間から出てきた時、召使いどもがどいつもこいつも、ヒソヒソ『かわいそう』だの『残念』だの、言ってたからな」

「……知ってるよ」

でも、ベッドの上で横を向く僕に、家族ほどの才覚がないのも、紛れもない事実だ。

「サンダース家の人間は、誰もが偉大な召喚獣と共に、召喚士として功績を上げている。父様はアストラル界とのつながりの研究に貢献したし、兄様達は二人と召喚獣だけで、巨大な魔物を倒してみせたんだ」

さっきも言った通り、サンダース家は召喚士として、多くの偉業を残してる。

広間でわんわん泣いていた父様も、召喚士として活動し始めた若い頃だけじゃなくて、今でも国や人々のために貢献してるんだ。

僕もそうなれればと、思っていた。

でも、ケットシーが相棒じゃあどうしようもない――そんな風に考えてしまっている、失われた才能に後悔してる自分が、僕は一番嫌になるんだ。

「なのに僕は、召喚士としての才能が……ん？」

どんどんネガティブな言葉が出てくるうち、ふと、僕は黒猫をじっと見つめた。

向こうも、僕が視線を向けてるのに気づいた。

「何だ、いくら俺様の顔がプリティーだからって、野郎に近づかれても嬉しくねェぞ」

自分で自分をプリティーと称するなんて、随分と自信家なんだなあ。

でも、僕が今気になったのは、ケットシーの愛くるしい顔じゃない。

正確に言えば顔なんだけど、まったく別の意味で興味を抱いたんだ。

「君は……ええと……」

「ブッチだ。ケットシー族のブッチだ、覚えとけ」

鼻を鳴らし、胸を張って名乗るブッチに、僕は聞いた。

「ブッチ、僕と君って、どこかで会ったことないかな？」

そう。

前世の僕には、ブッチにそっくりな黒猫と、友達だった記憶があるんだ。

病室の窓から外の景色を眺めることしかできない僕のところに、木を登り、枝を伝い、器用に部屋に入ってくる黒猫がいた。

最初はそっけない態度の猫に、僕も冷めた態度をとっていたけど、しばらく一緒にいるうちに、黒猫に友情のような感情を抱いていた。

『君も一人ぼっちなんだね』

『にゃおん』

気が付くと、黒猫とは当たり前のように話すほど、仲良くなっていった。

言葉はわからないけど、膝の上に乗ってくる黒猫――最期までなぜか、名前をつける気にはなれなかった――とは、確かな友情を感じてたんだ。

『一緒にご飯でもどうかな。ツナ缶、もらったんだ』

『にゃあ』

僕は前世で死を迎える間近まで、黒猫と友情を育《はぐく》んでた。

こっちの世界に転生して、すっかり忘れてしまっていたけれど、このブッチの顔を見て、すべてを思い出したんだ。

ここにいるケットシーと、あの黒猫は、驚くほどにそっくりなんだ。

「あァ？　新手のナンパか？　お前みたいなガキは知り合いにいねえよ」

ただ、相手の方はそんな事情、知ってるはずがないよね。

むしろ僕の方が、ブッチからすれば、おかしな人に見えて当然だ。

「だ、だよね……変なこと聞いて、ごめんね」

起き上がってぺこぺこと謝る僕に見向きもせず、ブッチはぴょん、と窓の桟《さん》に腰かけると、僕よりもうんざりした様子で肩をすくめた。

「第一、どいつもこいつも見る目がねェよ。俺様が本当は誰かも知らねえのか」

そして彼は、なんだか気になる言葉をつぶやいた。

「……本当は？」

ケットシー族といえば、特殊な力を持たない召喚獣だっていうのが、召喚士の間の常識だ。

でも、ブッチはなんだか、そうじゃないみたい。

まるで彼には、とんでもない力が眠ってるかのような態度なんだ。

「ブッチ、君は何者なの？」

僕が問うと、ブッチは少し期待を込めた目で、ちらりとこっちを見た。

「ハッ、やっと聞いてくれる奴がいたか！　そうとも、俺様は見た目は誰もが平伏すプリティーなブラック・キャット！」

大仰な態度で、黒猫は開いた窓から月光を浴び、大きく手を広げる。

なんだか歌劇の主人公のような身振りの末に、ブッチがにゃおーん、と高らかに言った。

「しかしてその正体は――『大召喚士』オルドリードに仕えた、唯一の召喚獣だ！」

彼のカミングアウトを聞いて、僕は思わず、ベッドから転げ落ちそうになった。

「だ、大召喚士……オルドリード!?」

召喚士になりたがってる人で、オルドリードの名前を知らない召喚士は、きっと共和国にはいないはずだ。

なんせ彼は、すべての召喚士の祖――初めて召喚獣を呼んだ人なんだから。

「そんな、まさか！　オルドリードといえば、今は歴史の文献に載るほどの偉人だよ！　何百年も前に亡くなってるはずなのに、君は一体……!?」

「だから言ったろ？　猫を見かけで判断するな、ってな」

けらけらと笑いながら、ブッチはテーブルの上に飛び乗り、ステップを踏む。

「俺様は今年で八百歳になる。そしてこの世界で、いや、アストラル界でもただ一匹！　俺様は唯一、『魔法』を使いこなす召喚獣なんだよ！」

そして「じゃじゃーん」なんて擬音が聞こえそうな音と共に、ブッチが自分の驚くべき秘密を暴露すると、僕は今度こそベッドから転げ落ちた。

彼の言う通り、この世界には『魔法』がある。

超自然的なエネルギーを取り込んで、摩訶不思議な力を使う技能。

それこそ魔法というのは、ここじゃ誰もが恩恵にあずかれるほど普及していて、『魔法士』という専門職だってある。

でも、僕が驚いた理由は、もちろん魔法の存在じゃない。

「……信じられないよ、魔法を使う召喚獣なんて、初めて聞いた……！」

召喚獣に魔法を操る力があるなんて、はっきり言って前代未聞なんだ。

確かに召喚獣の中には、火を操るフェニックスや、水を支配下に置くマーメイドのように、特殊能力を持つものがいる。

だけど、魔法を使うとなると、わけが違う。

他の召喚獣の能力すべてを、このケットシーが使えると言っているようなものなんだ。

「たりめーだ、世界で俺様一匹だって言ったろ？」

僕が唖然《あぜん》としていると、ブッチは気を良くしたのか、腰に手を当てて鼻を鳴らした。

「この世界にはまだいるんだろ、魔法士ってのが？　言っとくが、俺様の力は、凄腕《すごうで》の魔法士が百人並んだって太刀打ちできないんだぜ」

「ほ、本当に？」

「まあ、百聞は一見に如《し》かず、だ」

爪をカリカリとこすり合わせながら、ブッチがにやりと笑う。

「俺様をまぐれとはいえ呼び出せた褒美だ。お気に入りの魔法を一つ、披露してやる」

「ど、どんな魔法なの？」

好奇心と興味が湧きあがってきた僕に、彼が言った。

「何てこたあねえさ。ちょっとこの部屋を、半分吹っ飛ばすだけだぜ」

でも、あっという間にそれらは焦りと困惑に取って代わった。

そりゃそうだよ。

部屋を半分消し炭にするなんて、現場を見た召使いや母様、兄様が驚くに決まってるし、父様なら泡を吹いて気絶しかねないもの。

「ダメ、ダメだよ⁉　そんなことしたら、怒られるどころじゃすまない……」

「悪りいな、俺様ほどの召喚獣は、召喚士にも世の中の決まりにも縛られねえのさ！」

ブッチはというと、もう僕の制止なんか聞いちゃいない。

きっと彼が指を鳴らせば、とんでもない破壊が、部屋中にもたらされる。

そうなる前に、ベッドに押さえつけてでも止めないと。

「さあ見やがれ、ブッチ様の大魔法――『キャット・アンド・ファイア』ッ！」

でも、もう手遅れだった。

高らかに魔法の呪文を宣言したブッチが指を鳴らし、部屋は火に包まれ、爆散――。

「……？」

――しなかった。

僕の部屋はいつも通り、大きなベッドとテーブル、きれいなカーペットが敷かれた、十二歳の少年にはちょっぴり贅沢《ぜいたく》過ぎる部屋だ。

違うのは、間抜けな格好で硬直してる僕と、ブッチだけだ。

「……あれ？」

「……お、おっかしいな……いつもなら今頃、目の前が焼け野原になってるんだが……」

首を傾げる僕をよそに、ブッチはもう一度指を鳴らす。

やっぱり何も起こらない。

パキン、パキン、とリズミカルな音が響くけど、ただのそれだけなんだ。

「はっ！　とぅっ！　へあっ！」

とうとうやけになったブッチは、奇妙奇天烈なポーズをとりながら指を鳴らし始めたけど、結局部屋は何も変わらないし、うんともすんとも言わない。

僕の中にあった焦りも、次第に別の感情になってゆく。

……このケットシー、本当に魔法なんて、使えるのかな？

……もしかすると、魔法を使えるって思い込んでるだけじゃないのかな？

「おいおいおい、なんでだよ、おかしいじゃねえか⁉」

「あのさ、ブッチ？　あんまりこういうことは言いたくないんだけど……」

戸惑うブッチに僕が声をかけると、彼は丸い目でぎろりと睨《にら》みつけてきた。

ちょっとくらい威圧感があるかと思ったけど、毛玉みたいなケットシーだから、どう見たってかわいい――本人に言うと、怒りそうだけど。

「んだテメェ？　俺様が嘘《うそ》をついてるって、言いたいのか⁉」

ううん、何を言っても言わなくても、今は怒るに決まってるよ。

僕が未熟な召喚士で、そこに原因があるんじゃないか、なんて。

「そうじゃないよ！　僕が召喚したから、力を完全に得られてないんじゃないかって……」

「あ〜ん⁉　お前のせいか、こんにゃろ！」

やっぱり、ブッチは牙を剥き出しにして、僕に飛びかかってきた。

「わ、ちょっと、やめてよ！」

てっきり爪で引っかかれたり、首筋に噛《か》みつかれたりするかと身構えた僕に、ブッチは手のひらでポコポコとパンチを繰り出してきた。

「ふしゃーっ！　肉球パンチをくらいやがれっ！」

「うわあ、すっごいぷにぷにして柔らかい、じゃなくて！」

まったくもってノーダメージでも、ずっと暴れていたら、召使いやメイドが部屋に来て、「いつまで起きているのですか」なんて叱られちゃう。

それに、ブッチを放っておけば、家具をひっくり返しかねない。

「もう、やめて、ってばっ！」

だから僕は、猫の動きを止めるべく、反射的に黒い尻尾をぎゅっと掴《つか》んだ。

「オイお前、ふざけんな！　猫にとって尻尾はデリケート――」

ふしゃー、とブッチが叫んだ、その時だ。

僕の視界が、ほんのわずかにピカッと輝いた。

ドゴオオオオンッ！

――そして、信じられないほどの轟音《ごうおん》が響き、煙が巻き起こった。

「……え？」

あまりの事態に、僕は尻尾から手を離して、ブッチは取っ組み合いをやめた。

何が起きたのかも理解できないまま、ただ茫然《ぼうぜん》とするばかりの僕らの前から煙が晴れると、とんでもない光景が目に飛び込んできた。

「か、壁が……というか、壁も窓も、全部吹っ飛んだ……⁉」

ブッチがさっき言っていた通り、部屋が半分ほど消し炭になっていた。

窓や壁、ベッドが半分。

カーペットも八割ほど、真っ黒こげ。

全焼レベルの火事が起きたのかと疑うほどの破壊の痕跡が、広がっていたんだ。

「ブッチ、これが君の魔法なの⁉」

「お、おう、そうだぜ！　だけどなんで、いきなり発動できたんだ⁉」

しかもどうやら、魔法の発動は、ブッチの意図するところじゃないみたい。

もし、彼が魔法を使ったなら、もっと自慢するだろうしね。

少なくとも、汗をだらだら流して、目を泳がせてるわけがないもの。

何で魔法が使えたのかなんて考えているうち、どたどたと外から足音が聞こえてきた。

「坊ちゃま、ピーター坊ちゃま！」

「ものすごい音がしましたが、どうなさいました⁉」

そりゃそうか、あんな爆発音が聞こえたら、屋敷中の人が来るに決まってるよね。

——なんてのんきにしてる場合じゃない！

部屋を半分めちゃくちゃにしたなんて、どう言い訳をしたって通じるはずがないし、ケットシーが偶然魔法を使ったとか信じてもらえるわけもないよ！

「まずい、まずいよ！　こんなに通気性バツグンの部屋を見られたら、僕だけじゃない、ブッチだってお仕置きされるよ！」

頭を抱える僕のそばで、ブッチははん、と口を尖《とが》らせる。

「俺様は召喚獣ケットシー、偉大なるブッチ様だぜ？　お仕置きなんざ怖かねえさ」

「お尻を百回叩かれても⁉」

「それを先に言え、バカ野郎！　俺様のキュートなお尻を、真っ赤にさせてたまるか！」

刑罰を伝えるとうろたえるさまは、まるで本物の囚人みたいだ。

だからどうにかして、部屋を直さないといけないのに、名案が浮かばない。

そもそも壊す魔法があるんだから、直す魔法だってあってもいいはずだよ。

ああ、いや、尻尾を握りしめるまで魔法そのものがちっとも発動しなかったんだから、仮に使えたとしても意味がない――。

「……まさか……」

――尻尾を握るまで、魔法が発動しなかった？

――もしかして、尻尾に触れるのが、魔法を発動する条件なのかも？

確証はないし、もっとブッチを怒らせるかもしれない。

けど、十二歳にもなってメイドにお尻を棒で叩かれるよりは、試した方がずっとましだ！

「ブッチ、今から君の尻尾を握るよ！　そのまま魔法を使って！」

「はぁ⁉　お前、何言って……ぬわっ！」

僕がブッチの尻尾を掴むと、案の定、彼は牙を剥き出しにして怒鳴り散らす。

でも、今度は確かな変化が僕とブッチの目の前に現れた。

黒猫の両手に、ぽわっと温かい光の球のようなものが浮かんだんだ。

そのさまを見たブッチは、半ばヤケクソ気味に叫んで、手を天上にかざした。

「ああ、もう、ままよ！　修復大魔法――『マッチ・パッチ・ワークス』！」

ブッチが魔法の名前を大声で喚《わめ》いた途端、またも部屋の中で光が輝いて、とんでもない変化が起こり始めた。

だけど、今度は恐ろしい破壊じゃない。

まるで巻き戻し映像みたいに、壊れたり消し炭になったりした壁や窓、カーペット、テーブルが元通りになっていくんだ。

爆発で何もかも吹っ飛んだ時よりもずっと早く、部屋は修復された。

本当に信じられない光景を目の当たりにして、僕は驚くしかなかった。

それよりもずっとびっくりしてるのは、自分の柔らかい肉球を見つめて、自分自身の魔法の発動に目を丸くしてるブッチの方だ。

「また魔法が使えた……ガキンチョ、お前まさか……」

ブッチの目が僕を捉えた時、ドアが激しくノックされた。

ガチャリ、と音を立ててドアが開くと、山ほどの人が顔を覗き込ませてきた。

「坊ちゃま！　先ほどの音は……あら？」

で、僕とブッチは、ベッドに腰かけてすまし顔をしてる。

僕は近くにあった本を読んでいるふりをして、ブッチは布団の上で丸まって、普通の猫のふりをしてる。

「音？　音って何のこと？　ブッチ、何か知ってる？」

「にゃーん、ごろにゃーん」

棒読み気味の僕の問いかけに、黒猫が顔を手で撫《な》でて答える。

背中を流れる冷や汗に気づかないで、と必死に願いながら、僕は言った。

「僕もブッチも、何も燃やしてないし、壊してないよ。気のせいじゃないかな？」

実際、部屋のどこにも破壊の痕跡は残っちゃいない。

だから音を聞いても、煙を見ても、皆は納得するしかない。

「……みたい、ですね……失礼しました、坊ちゃま」

顔がどんどん引っ込んで、ドアがぱたりと閉じて、足音が遠ざかってゆく。

全員がずっと遠くに立ち去るまで、僕とブッチはわずかな油断もできず、ただただ完全にメイドや召使いがいなくなるまで耐えた。

そしてやっと、完全に人がいなくなったと感じ取れた。

「――ぶはぁっ！」

ほとんど同時に、僕も、ブッチも口の中に残っていた息を全部吐き出した。

こんなに緊張したのは、きっと屋敷の屋根を伝っている途中に足を滑らせて、中庭に落ちたのを母様に叱られた時以来だ。

あの時は本当に、頭に雷が落ちたかと思ったよ。

「オイガキンチョ、なんで燃えただの、壊れただの、余計なことを言いやがったんだ！　危うくバレるところだったじゃねえか！」

一方でブッチは、僕がうっかり口を滑らせたのに言及してくる。

確かにアレでバレちゃったら土下座するしかなかったけど、今の僕にも、ブッチにも、もっと気になることがあるはずだよ。

「ねえ、ブッチ？　なんで僕が君の尻尾を握ると、魔法が使えるようになったのかな」

「はぁ？　お前が俺様の尻尾を掴むのと、魔法に何の関係が……ぬおっ！」

ブッチの言葉を遮《さえぎ》るように尻尾を掴むと、彼に変化が起きた。

青白い光が、彼の体の内側から、オーラのように湧きあがってくるんだ。

「……どうなってんだ……昔みたいに、体中に魔力がみなぎってきやがる……！」

自分の中で起きた変化に、ブッチは最初は戸惑っているようだったけど、すぐに何かを察したのか、深く頷いた。

「なるほどな」

「ん？」

「いいか、俺様の中には八百年の時の中で溜め込んだ魔力がある。だがな、お前みてえなヘボ召喚士に呼び出されたせいで、最低ランクの召喚獣としての『縛り』をつけられちまった」

尻尾から手を離した僕にも、ブッチの説明が何を意味するのかは理解できた。

さしずめ今のブッチは、『素人が握った刀』のようなものかな。

達人が使えばあらゆるモノを斬れるのに、素人が握っちゃったから、何も斬れない。

……なんだか、余計に申し訳なくなっちゃうよ。

ブッチは本当なら、指パッチンだけで部屋を吹き飛ばせる魔法の達人なのに。

「ご、ごめん……」

「謝る必要はねえよ。縛りは完全じゃなかったんだ、主にお前のおかげでな」

僕が委縮していると、ブッチが言った。

「ピーター、お前には確かに、召喚獣を呼び出す才能はねえ。だけどな、代わりに——とんでもねえ量の魔力が眠ってやがる」

彼の説明が、僕には信じられなかった。

召喚士の才能がない僕に——魔法士だけが持つ、『魔力』があるって？

「ぼ、僕に魔力?」

「誰にも指摘されたことがねえって言いたげだな。そりゃそうだ、お前の魔力は、いつもは体の奥底に眠ってるし、魔法士のように操ることもできやしねえ」

ブッチの力説を、僕はまだ信じられなかった。

魔法士も召喚士と同じように、才能の有無でなれるかなれないかを決められるけど、その基準は召喚士よりずっと厳しい。

生まれた時に有する魔力の有無で、一生なれないと決められるほどだ。

そんな魔力を、秘めた力を、僕が持っていたなんて。

「ところが唯一、例外があるんだぜ。お前は俺様の体に触れている間だけ、魔力を分け与えて、本来の俺様の力を引き出せるんだよ」

「他の魔法士にも、できるんじゃないの?」

「バーカ、相手の魔力が大き過ぎたら、たちまち自分の魔力を引っこ抜かれてすっからかんだ。ましてや俺様みたいな偉大な召喚獣じゃあ、並の魔法士なら三秒と保たねえな」

「つまり……ブッチは、僕とつながっている間だけ、力を取り戻せる?」

「そうなるな」

頷くブッチを見て、僕は思わず問いかけた。

「……君となら、偉大な召喚士にもなれる?」

「召喚士どころか、召喚士と魔法士のハイブリッドだ」

ざわざわと、背筋と心臓、両方に這《は》い滑るような感覚が奔る。

諦めるしかなかった希望が、地の底から手を伸ばしてきたみたいだ。

「どちらにせよ、俺様としては、常人の五百倍はある魔力を手放したくねえよ」

「ご、ご、五百倍⁉」

「普通じゃあまずありえない量だな。お前、神様に贈り物でももらったのか？」

おまけに、その魔力とやらも、信じられない数値じゃないか。

もしかして、神様がこっそり僕に与えてくれたのかも。

「並の魔法士を基準にして五百ってのは、まあ、誇っていい数字だぜ。凡人ならどう頑張ってもゼロのところを、有り余るくらい持ってるんだからよ」

「それって、君を召喚した時の……強い光と、関係があるの？」

「ねえよ。ありゃあ、俺様がやったもんだ。威厳を示すための、いわば演出だが、呼び出したのがクソガキだとわかってしらけちまったんだよ」

「そ、そうなんだね……」

喜ぶべきかツッコむべきか悩む僕の前で、ブッチが笑う。

「ケケケ、面白いじゃねえか。せっかくだ、俺様に魔力を分け与え続けるって約束するなら、お前の目的に手を貸してやらなくもねえぜ」

そして召喚獣が力を貸してくれるのなら、僕が断る理由なんてない。

彼の言う目的が何なのかを、自分の中で反芻《はんすう》して、はっきりと告げた。

「……僕は、家族の期待に応えたい。サンダース家として、ピーター・サンダースとして……

皆の想いに、応えたい」

はっきりと告げた。

――はず、なのに、僕の声は思っていたよりずっと弱々しかった。

なんでだろう。

皆が期待してくれた分、家名のために、家族のために頑張りたいのは、本当の気持ちのはず
なのに。

僕の返事を聞いたブッチも、なんだか冷めた顔に見える。

「応える、か。なんというか、目標の中に自分がいねえんだな」

「……？」

「まあいい、とにかく、これからは俺様がお前の面倒を見てやる」

ぴょん、とテーブルから降りたブッチが、胸を張った。

「俺様のことは師匠と呼べ。メシは毎回最高級の魚を皿いっぱい用意しろ。毛づくろいをする
専属のメイドを少なくとも十人はよこせ、あと……」

「よろしくね、ブッチ」

「スルーすんな、師匠だっつってんだろ！　あと、あくまで利害の一致で手を組んでるだけだからな、馴《な》れ馴れしくするんじゃねえぞ！」

「わかった！　よろしくね、ブッチ！」

「よろしくじゃねえっつーのっ！」

心の隅から生まれた不安を取り去るように笑うと、ブッチが歯を見せて怒鳴る。

どれだけ怒っても、ケットシー族ってかわいいんだなと、僕は思った。

第三章

「――やあっ！」

僕がブッチと契約した翌日。

召喚士の試験を受けるための訓練が、早速朝から始まった。

といってもやってることというのは、僕が気晴らしやどうにも体を動かしたい時の運動とさほど変わらない。

屋敷の広い庭に設置された、木製のアスレチック。

それを渡り、駆け抜けるのが、僕の気分転換だ。

「はっ、とう、おりゃあっ！」

今挑戦してるのは、某アスレチック番組で見る最初のステージほどの大きさだ。

数年は挑戦してるコースだから、十二歳の僕でもクリアはそんなに難しくない。

おかげで、屋敷の屋根から屋根を伝って、木々を登って跳び渡るパルクールのようなアクションだってできるよ。

「ほー。ガキにしちゃ、大した運動神経じゃねえか」

反り立った壁を乗り越えて、地面に着地した僕のそばで、ブッチが感心した。

僕からすれば、ずっと訓練についてきたケットシーの身軽さの方が、よっぽど驚きだよ。

「昔から、兄様達のフィールドワークに何度もついて行ったからね。木と木の間を飛び抜けたり、屋根を伝ったり……それなりに、身軽なつもりさ」

「身軽なのは構わねえが、召喚士試験ってのは危険が伴うもんだ。おまけに開催地まで旅に出るとなると、野盗や魔物に遭遇しねえとも限らねえ」

なるほど、と僕は頷かされた。

フィールドワークの間は護衛の皆がついてくれたけど、これからは僕一人で旅をしないといけないし、恐ろしい犯罪者と出くわさないとも限らない。

無理に戦わずに、逃げ切るのも選択肢の一つ。

でも、それができない事態を想定して、戦う手段も持っておかなきゃいけないね。

「俺様なら、あいつに戦闘訓練をさせるがな。どうだ、メイドども……痛でっ」

ブッチがメイド達の膝を軽く小突くと、拳骨が返ってきた。

「ちっこいケットシーに言われなくても、わかってるわよ」

彼女達はケットシーに対して、あんまり敬意を持ってないみたい——どっちかというと、家に住み着いた野良猫くらいの扱いだ。

魔法が使えるすごい猫だって知ったら、皆、ひっくり返るかな？

「エイブラムス様もラムダ様も、同じことをおっしゃっていたわ。自分たちの代わりに、ピーターを戦えるように鍛えてやってくれ、とね」

メイド達の話を聞いて、ブッチは頭をさする。

「このブッチ様に拳骨しやがって……その兄連中も、ピーターにかまってやらねえなんて薄情だな」

「兄様達は、『召喚士協会』の上役でもあるんだ。毎日いろんな人と話して、書類仕事をこなさないといけないから。近頃はそんな暇もないみたい」

僕としても、兄様にいろいろと教わる機会があるなら逃したくはなかった。

ところが、僕が試練に出発するまでの一か月間、兄様とまとまった時間を作れるタイミングはちっともなかった。

というのも、エイブラムス兄様もラムダ兄様も、共和国中の召喚士が参加する『召喚士協会』で、毎日仕事に追われる身なんだ。

自分の背丈ほども積まれた書類に、うんざりした顔でハンコを押す兄様を見ると、とても僕のわがままに付き合ってほしいなんて言えなかったな。

「じゃあ、あんたらが戦い方を教えるってのか？」

「まさか！　ウィルマ、出番よ！」

だったら、と僕のために名乗りを上げてくれたのは、僕もよく知る人物だ。

メイド達がばっと手をかざした先から、とことこと歩いてきたのは、同じくメイド服に身を包んだ、二十歳くらいの女性。

淡い藍色の三つ編みに、瞳の見えない瓶底眼鏡、太くて垂れた眉。

ついでに、腰に装備した、豪奢な柄と鞘《さや》が目立つ剣を、僕が見間違えるはずがない。

彼女は僕の専属メイド――ウィルマだ。

「久しぶりだね、ウィルマ！　実家に帰っていたって聞いたけど？」

「そうなんです～」

僕のそばまで来てくれたウィルマは、相変わらずのおっとりのんびりした声で言った。

実は僕が『召喚の儀』を受ける数日前から、彼女は少しだけ屋敷を離れていた。

だから、専属メイドとはいえウィルマにはもう会えないかもしれないと思ってたし、予想が覆《くつがえ》されたのはすごく嬉しいよ。

「ですが、ピーター様が旅に出られるとお聞きしまして～。戦いを教えるのでしたら、ウィルマが適任であると、旦那様にお頼みされました～」

「ウィルマが教えてくれるなら、僕もありがたいね」

「ピーター様に褒められちゃいました～」

頬に手を当てて微笑むウィルマを見て、ブッチは眉を吊り上げる。

「おい、こいつは誰だ？」

「彼女はウィルマ、僕の専属メイドだよ。しばらく前に、ちょっと事情があって実家に帰ってたんだ」

「ほーう？　こんなおとぼけメイドが、まさか戦い方を教えるってんじゃねえよなァ？」

ブッチは彼女を、虫も殺せないんじゃないかって軽視していたみたいだ。

「人は見かけによらないよ、ブッチ。特にウィルマはね」

「んなわけねえだろ！　こいつに何ができるってんだよ――」

けらけらと彼女を小馬鹿にしながら、ブッチが僕の足を尻尾で小突いた瞬間。

「ひゅっ」

ウィルマが腰に提げていた剣が抜かれ、ブッチの頭頂部を掠《かす》めた。

普段は見えないはずの、眼鏡の奥に光る瞳が彼を捉えた。

「ダメですよ～。いくら召喚獣でも、ピーター様に手を出しちゃあ～」

この場にいる誰も視線で追えないほどの太刀筋は、ブッチの顔から余裕を消し飛ばして、腰を抜かしてしりもちをつかせるには十分だった。

ガチガチと歯を鳴らすブッチのさまは、言っちゃ悪いけど、少し面白いかも？

「あ、あの、な、な、なんだ、今の……!?」

「言ったでしょ。ウィルマはこの屋敷の使用人、メイド、衛兵の中でも一番の武闘派だよ」

そう。

このウィルマというメイドは、僕のボディーガードでもあるんだ。

サンダース家は有名だから、その子供をさらってお金を要求したり、ひどい目に遭わせてうっぷんを晴らしたりと、あくどい目的で近づく人も多い。

そんな人をことごとく叩きのめすのが、ウィルマの役目の一つなんだよ。

「武術の達人で、剣や槍《やり》、斧《おの》、あらゆる武器に精通してる。一対一なら盗賊、山賊、魔物どころか騎士ですら叩き伏せる――それが僕の専属メイド、ウィルマだ」

「そ、そういうことは先に言え……俺様の耳が吹っ飛ぶとこだったじゃねえか……！」

わずかに毛先が切れた頭頂部をさすりながら、ブッチが冷や汗を流しながら言った。

「ごめんなさいね～。今度は苦しまないよう、首をちゃんと刎《は》ねますから～」

「ひっ⁉」

「な～んて、冗談ですよ～」

一方でウィルマは、びくりと身を震わせるブッチを見て、楽しそうに笑う。

「でも、もしもブッチ様がピーター様をいじめたら……どうでしょうか～」

「ううっ……！」

きゅっと体を震わせるブッチ。

僕の前だとえばってばかりの彼が、ウィルマを怖がってるのが、なんだかおかしいね。

「あはは、さすがのブッチも、ウィルマには頭が上がらないのかな？」

「笑ってんじゃねーぞ、ピーター、この野郎！」

冗談を聞いたブッチは、僕の膝を蹴ろうとして、ウィルマに睨まれてやめた。

他のメイドに混じってすごすごと撤退したブッチに、ひらひらと手を振ってから、僕は改めて本来の目的に戻ることにした。

ウィルマがここに来たのは、僕に戦い方を教えるためだ。

どんな敵が来ても、どんなトラブルに巻き込まれても、戦えるようにするためだ。

そしてウィルマは、僕のためなら容赦はしない。

「それではピーター様〜。野盗も魔物も、拳一つで徹底的にぶちのめせるくらい、強くなりましょうね〜」

「よし、やろうか！」

拳を握り締めた僕に、ウィルマは笑いかけてくれた。

——それから毎日、僕とウィルマの戦闘訓練は続いた。

ウィルマの性格はよく知ってるつもりだったのに、彼女は僕が予想してたよりもずっとスパルタで、それこそアスレチックを跳び回るなんて児戯《じぎ》に思えるほどだ。

格闘術を叩き込まれ、刃物や鈍器を使う相手にどう立ち向かうかを教え込まれる。

魔物の迎撃手段を叩き込まれ、どうにもならない時の逃げ方を教え込まれる。

意図しない生傷や痣が増えると、さすがのウィルマも「ごめんなさい〜」と謝るけど、僕は訓練のペースを落とさないように頼んだ。

そうでもしないと、十二歳の子供は、とても旅になんて出られないからね。

そして僕が学ばなきゃいけないのは、護身術だけじゃない。

魔法を使えるブッチの力を最大限に活かすために、魔法を学ぶ機会も与えられた。

「ふわぁ……」

授業を受けるのは、もっぱら僕の部屋。

山ほどの参考書をテーブルに積み上げた隣であくびをする僕を、これまた即席の教壇に立つブッチが爪で指した。

「おいおい、あくびなんかしてんじゃねえぞ。せっかく俺様、偉大なるブッチ様が、魔法のレッスンをつけてやってるってのによ」

「ごめん、戦闘訓練が思ったよりもハードで……」

「ま、確かにあれだけ過酷な訓練を、よく続けてるもんだ。そこは褒めてやる」

腕を組んで何度も頷くブッチは、僕のそばまで来て額を軽く叩いた。

「だがな、俺様の召喚士になるなら、魔法の勉強もしてもらわねえと困るぜ。魔力、魔法、属性……基礎の基礎を学んでこそ、お前の力は輝くってもんだ」

「魔法を使えない僕が勉強して、意味があるのかな？」

「当たり前だ。注いだ魔力の量によって変わる射程範囲、使える魔法の数、最も効率的な魔力の注ぎ込み方……それを知ってるか知らないかで、道中、お前が生きるか死ぬかが決まるかもしれないんだぜ」

確かに、ブッチの話には一理ある。

僕は単に、彼に魔力を注ぐだけの役割じゃない。

旅に出るなら一蓮托生《いちれんたくしょう》だ。ブッチが使う力について詳しく知っていないと、最大の威力を発揮できずに後悔するかもしれない。

しかも召喚士の試験は、時にはひどいケガを負うほど過酷なものもあるって聞いたことがある——運が悪ければ、死んでしまうとも。

僕もブッチも、そうならないために、できる勉強はやっておかないと。

「よし、早速参考書の三ページを開きやがれ」

ブッチの指示に従って、僕は手元の参考書に目を通し始める。

今はちんぷんかんぷんでも、ブッチと勉強すれば、きっと理解できるはず。

自然と集中し始めかけた僕の耳に、部屋の外から声が聞こえてきた。

「ピーター坊ちゃま、召喚獣に教えを乞うなんて……」

ドアをちょっぴり開けてこちらを見てるのは、召使いやメイドの皆だ。

どうやら召喚士なのに、いきなり魔法を勉強し始めた僕を、不安に思ってるみたい。

調理師になりたいと言ってるのに、簿記の勉強を始めてるようなものだから、顔を見合わせてひそひそ話をするのも仕方ないかもね。

「真面目なのはいいんだが、あれじゃあどっちが召喚士かわからんな」

「大丈夫かのう？　あのケットシーに、いいように使われておらんかのう？」

ううむ、と眉を顰《ひそ》める皆の方を見て、僕は小さく笑った。

「皆、心配してくれてるのは嬉しいけど、僕はブッチを信頼してるよ」

「そ、そうですか……」

「ピーター坊ちゃまが、そう言うなら……」

そそくさと皆が去っていく。

僕が参考書に視線を戻しても、まだブッチは扉の方を眺めてる。

「いいのか？　たしかにお前、召喚獣に従う召喚士なんて、おかしなさまだぜ？」

どうやらブッチから提案してきた関係性に、僕が真面目に付き合ってるのが、ちょっぴり彼自身からしてもおかしく思えるみたい。

「普通は、召喚士は召喚獣に、絶対の忠誠を誓わせるもんだ。やろうと思えば、お前だってアニキや家族に頼って、それができるはずだろ。どうして、そうしないんだ？」

確かに彼の言う通り、兄様の召喚獣は、彼らに従ってる。

爪で引っかいたり、怒声を飛ばしたりしてこない。

でも、もしも僕にブッチが従ってるなんて考えたら、なんだかおかしな気分じゃないか。

「僕はブッチに従ってるんじゃない――ブッチを信じてるんだ」

だって、僕にとってブッチは、信頼できる友人のようなものだから。

「……！」

少しだけ驚いた顔をしてから、彼は肩をすくめた。

「……ケッ。一丁前なこと言うのは、この参考書の中身を全部覚えてからだ」

もしかして、あの反応って、ブッチなりの照れ隠しなのかな？

ちょっと聞いてみたくなった僕に、ブッチは話を遮るように、さっさと授業を進めてゆく。

「いいか、魔力ってのはむやみに放出しても、強い魔法になるわけじゃねえ。むしろテキトーな魔力の供給は、半端に体力を消耗するだけだ……」

「要するに、僕がやられないように立ちまわりつつ……」

「わかってきたじゃねえか。あとは俺様の使う魔法を事前に予想して……」

最初はわからなかったことも、時間を、日を経るたびに理解してゆく。

ブッチとの日々を重ねるたびに、彼への信頼と、魔法への知識が深まってゆく。

もちろん魔法の勉強だけじゃなくて、ウィルマとの戦闘訓練も忘れていない。

一層ハードになってゆく訓練でできた傷や、筋肉や骨がぶつかる、ビリビリと痺《しび》れる感覚が、僕を強くしてくれるのだと確信できる。

——そんな日々の連続から、早くも半月が過ぎた。

——充実して、いや、充実し過ぎて、あっという間の半月だ。

その日もいつものように、朝から訓練を始めようとしていた僕のもとに、意外なお客さんがやって来た。

「やあ、ピート！　調子はどうだ！」

「ラムダ兄様！　それにリーガンも！」

僕とブッチのもとに歩いてきたのは、ラムダ兄様と彼の召喚獣、巨大な金色のドラゴン、ファフニールのリーガンだ。

召喚獣が自ら名乗ることもあるけど、召喚士が名前を付けることも多い。

兄様を乗せたドラゴン、リーガンの場合は後者だね。

「ほーう、噂《うわさ》にゃ聞いてたが、巨竜ファフニールを従えてるとはな。召喚士としちゃかなりいい筋いってるぜ、ラムダとやら」

「その言葉、褒め言葉として受け取っておこう」

「ケッ、キザな野郎だぜ」

ブッチはちょっぴり、大仰な振る舞いの多いラムダ兄様が苦手みたい。

「ところで、二人共どうしてここに？」

兄様はどちらも、近頃は書類仕事や遠征で多忙だったはず。

少なくとも、僕とブッチの様子を見に来る余裕なんてないと思ってたのに。

「少し、ピートのことが気になってな。銀等級召喚士、ガルセンとの試験についての打ち合わせも終わったから、こっちに戻ってきたんだ」

そんな時でも僕の心配をしてくれるなんて、やっぱりラムダ兄様は優しいな。

『もう半月ほどで旅に出ると聞いて、我もラムダも心配に思っていたのである』

歩くたびにずしん、と音を立てるリーガンの声は、初老の男性に近い。

ラムダ兄様いわく「老練の騎士のよう」だけど、なんだか僕も、そのたとえがわかるよ。

「少し見ない間に、雰囲気は変わったようだが……訓練が難航しているようなら、旅立ちの日を先延ばしにするよう、俺から父様に言っておこうか？」

「いえ、心配には及びません。僕もブッチも、最高の仕上がりです」

「自分で言うのもなんだけどな、このガキは随分と強くなったぜ」

「ほう……せっかくだ、俺に実力を見せてくれないか？」

試すような兄様の言葉に、僕は頷く。

「わかりました。これから庭でいつもの訓練をしますので、よかったらどうぞ」

僕は兄様とリーガンを連れて、中庭へと向かう。

衛兵の皆が庭の真ん中で話しているうち、僕に――多分ラムダ兄様に気づいたから――慌てて整列して、深々と挨拶をした。

「なるほど、衛兵達を野盗と想定した訓練か。相手として申し分ないが、雇われる側としては遠慮をするだろうし、実力を発揮するのは難しいのではないか？」

「まさか！　あいつら全員、ピーターに容赦しねえぜ」

さて、兄様の予想通り、僕がここでやっているのは、衛兵の皆を相手に戦う訓練だ。

ブッチと並んで立つ僕を、彼らはぐるりと取り囲む。

自分を雇っている相手に遠慮なんてしないよう、僕はちょっとだけズルい手を使った。

「坊ちゃん、今日こそ『参った』と言わせますぜ！」

「そうすりゃ最高級の酒がもらえるんだ、本気を出さねえ手はないよな！」

欲しいものを報酬として渡すと言ったら、ありがたいことに、皆ノリノリになってくれた。

あまりにも気合を入れ過ぎて、初日は僕が動けなくなるくらい攻撃されて、メイドの皆がすごい形相で衛兵を叱ったのも、今となっちゃ懐かしいね。

『衛兵を焚《た》きつけるとは……ラムダ、貴様の弟は随分と無茶をするのであるな』

「ああ、俺も驚いてるよ。だが、あれなら衛兵もやる気になるだろう」

感心してる兄様とリーガンをよそに、皆が木でできた槍、斧、剣や盾を構えて、じりじりと僕に詰め寄る。

「「いよぉーし、坊ちゃんを泣かせるぞーっ！」」

そして一気に、攻撃を仕掛けてきた。

訓練に、決闘のような開始の合図なんてないし、言うなればこの奇襲が合図だ。

でも、半月も訓練を続けてきた僕も、簡単にやられてあげるつもりなんてないよ。

「はっ！」

僕がぴょんと跳ねて包囲網を抜けると、ブッチもついてきた。

「お前ら、周りを囲め！　逃げ場をなくしてやれ！」

もちろん、衛兵達は僕らを追いかけて、すかさず攻撃を叩き込もうとしてくる。

半月前なら僕の頭に直撃した、斧や槍の攻撃も、今は当たらない。

猫の柔軟さ、素早さを学んだ僕の回避能力は、自分で言うのもなんだけど、屋敷で右に出る人はいないんじゃないかな。

「すごいな、ピートはいつの間に、あんなに身軽になったんだ！」

『模造とはいえ、槍や斧、剣の攻撃まで簡単にかわすとは……あれでは、並の野盗では触れることすらできぬであろうな』

兄様たちが驚いているのが、なんだかちょっぴり面白い。

成果を披露するって、こんなに楽しいんだ。

だったらもっと、僕らがどれだけ強くなったのかを、見せてあげないとね！

「ただ身軽なだけじゃないですよ！　いくよ、ブッチ！」

「おうよ！　土属性・猫魔法――『キャットウォーク・マウンテン』！」

僕がブッチの尻尾を握ると、彼の両手のひらから、乾いた土がどさどさと流れ出た。

そして土が巨大な岩の形を作り、突き上げるように衛兵を吹っ飛ばした。

「「どわーっ⁉」」

これで半分ほどの衛兵はやっつけた。

残った半分には、別の魔法をお見舞いだ。

「まだまだ、ここから！」

「風属性・猫魔法『ウインド・スクラッチ』！」

ブッチの声と共に、今度は突風が吹き荒れる。

魔法で造り上げられた風が巻き起こると、衛兵が武器と一緒にふわりと浮き上がって、そのまま地面に叩きつけられた。

威力は抑えてあるから、動けなくなるようなダメージを受けてる人はいない。

でも、もしも実戦ならこの時点で生殺与奪の権利は僕にあるね。

「驚いた……話には聞いていたが、本当に魔法を使う召喚獣が存在するとは……！」

兄様の様子が嬉しくて、僕もブッチも、顔を見合わせて笑った。

「よし、やったね、ブッチ！」

「おうよ！　今日はお前からもらう魔力の調子がいいぜ、まだまだ魔法が使えそうだ！」

さて、いつもならここで戦闘訓練は終わりなんだけど、今日は違った。

「では～、特別にウィルマがお相手しましょうか～」

なんと剣を抜いたウィルマが、衛兵達の奥から歩いてきたんだ。

実を言うと、ウィルマが訓練に参加するのは珍しくなくて、僕もブッチも、何度か彼女と手合わせしてる。

僕らの戦い方、身のこなしを教えてくれたのも彼女だ。

問題は、今まで一度だって、僕らが彼女に勝ったためしがないことだね。

「ウィルマ、それはまずいだろう。いくらピートが成長したとはいえ、騎士すら倒してしまうお前が相手では、荷が重過ぎる……」

「いつでも来ていいよ、ウィルマ！」

「お言葉に甘えさせていただきますね～っ」

ラムダ兄様が制止するよりも先に、僕とウィルマが動いた。

僕がブッチと一緒に魔法を使うよりも早く、ウィルマが木製の剣で攻撃してくる。

「とうっ、やぁ～っ」

声はのんびりしてるのに、攻撃の鋭さはすさまじい。

ほとんどの攻撃をかわすのが紙一重で、掠っただけでも吹っ飛ばされるって確信できるくらい強烈で、おまけに休む間がないほどの連撃だ。

「やっぱり、ウィルマは他の皆とは違う……速くて、一撃が重いっ！」

「ビビんなよ、ピーター！　俺様とお前なら、攻撃になんか当たりっこねえ！　攻撃の隙を縫って、魔法を叩き込むぞ！」

「うん――今だ！」

わずかに大ぶりな攻撃をしゃがんでかわし、僕はブッチの尻尾を握る。

「火属性・猫魔法『テイル・ファイアワークス』ッ！」

ブッチの手から発射されたのは、猫の顔を模した炎だ。

当たれば火傷とまではいかなくても、人をよろめかせるくらいの威力を持つ花火は、訓練で敵を「やっつける」には十分過ぎる。

「お見事ですが、通じませんよ～」

もっとも、それは相手に当たれば、の話なんだけど。

ウィルマはほとんど目視すらせずに、火の玉を木剣で薙《な》ぎ払ってしまった。

「まだまだっ！　『テイル・ファイアワークス』二連発！」

「はい、この通り～♪」

連続で炎を発射しても、結果は同じだ。

どうにかこうにか距離を取った僕の隣で、ブッチが引きつった笑いを見せる。

「……やっぱ、あのウィルマって奴、人間やめてねえか？」

「聞いたところじゃ、まだラムダ兄様が召喚士になって間もない頃に、あのファフニールのリーガンを素手で止めたって噂だよ」

「おい、マジか？」

「騎士の血筋で、ご先祖様は剣聖って呼ばれてたらしいね」

「笑えねえ、聞かなきゃよかったぜ」

ブッチが鼻をこすっているうちに、ウィルマの様子が変わる。

木剣をビュンビュンと振るい、厚い眼鏡越しでもわかるくらいに目が笑ってるんだ。

「ふふふ、なんだかぞくぞくしてきました～」

あんなウィルマは初めて見た。

どういうわけかと、ラムダ兄様に視線を向けると、彼も少し複雑な顔をしている。

「まずいな、彼女がノってきた。いくらなんでもピートを傷つけるとは思えんが、危険だ」

――それ、ヤバくないかな？

――いつものウィルマにだって、勝てたためしがないのに？

僕がそう思うのとほとんど同時に、今度はウィルマの方から距離を詰めてきた。

さっきよりもずっと速い斬撃と、僕らの挙動の一つも見逃さない観察眼を前に、僕もブッチも回避に徹するのでいっぱいいっぱいだ。

「はぁ、はぁ……！」

次第に、僕の体に疲労が蓄積されてゆく。

ウィルマよりずっと小さい体だから、スタミナが尽きるのも当然早い。

でも、ブッチの尻尾から手を離して、攻撃の頻度を緩めることだけはしない。

「くらいやがれっ！　水属性・猫魔法『ストレート・レイン』ッ！」

「はぁ～い、残念です～」

水流による攻撃を剣で弾かれても、反撃のチャンスが生まれたなら、攻め続けなきゃ。

「確実に攻め込めてるぜ、ピーター！　このまま畳みかけるぞ！」

そんな僕とブッチの考えを、ウィルマは見抜いているつもりみたいだ。

「でも～、ずっと尻尾を握ったままだと、格好の的ですよ～」

ウィルマが木剣を逆手に握り、尻尾を握ったままの僕の腕に向かって振るう。

「例えば～、こんな風に～ッ！」

僕の腕に打撃を叩き込んで、魔力の供給を絶つのが、きっと彼女の狙いだ。

彼女にとっても、一番攻撃を打ち込みやすい弱点に見えたはず。

もしもそうなら――僕の作戦通りだよ！

「――違うよ、ウィルマ。わざと見せつけてたんだ」

ほとんど反射的に、僕はブッチの尻尾から手を離した。

指先を掠める斬撃が空振りしたのを見てから、間髪入れずに尻尾を掴む。

「あらら～？」

驚いたウィルマの様子を前にして、僕とブッチはにやりと笑う。

実を言うと、尻尾に触れたまま魔法を連打しつつ、「ここが僕らの弱点だ」とわざとらしいほどアピールするのが、二人の作戦なんだよ。

ウィルマの攻撃は素早くて、どこから繰り出されるのかが見えづらいのが強み。

でも、どこに斬撃を打ち込もうとするのかが予測できたなら、回避は確実だ！

「一気に決めるよ、ブッチ！」

「任せろ、ピーター！」

ついでに、反撃だって確実に撃ち込めるんだ！

ブッチが勢いよくかざした両手が光り、魔力の球が生み出される！

「――猫魔法『キャット・スマッシュ・キャノン』！」

そして肉球を模した魔力の塊が、勢いよくウィルマを吹っ飛ばした！

「あら～っ」

彼女は木剣を手放して、コロコロと後ろに転がってゆく。

これでもかなり威力を抑えたつもりなんだけど、あのウィルマを押し飛ばすほどのパワーがあるなんて、やっぱりブッチの魔法はすごいね。

だってウィルマは、暴漢が突き飛ばそうとしても、一歩も動かないほどなんだから。

「見事だ、ピート。あのウィルマに一撃を叩き込むとは、驚きだ」

『それに、そこのケットシーも。最低ランクの召喚獣とは思えない力の持ち主であるな』

「ケッ！　当たり前だ、俺様は偉大なるブッチ様だぜ！」

ラムダ兄様達の褒め言葉に、ブッチは鼻を鳴らして応える。

僕はというと、ウィルマが心配になって彼女に駆け寄った。

「ウィルマ、大丈夫？」

てっきり怪我《けが》をさせたかと不安に思った僕の前で、彼女はむくりと起き上がる。

「はい〜、ピンピンしてます〜。尻尾にウィルマの意識を集中させて、攻撃を打ち込む場所を予想するなんて、ピーター様は成長されましたね〜」

「そ、そこまでお見通しだったんだね……」

僕はウィルマを出し抜いたつもりだったけど、彼女は全部見抜いたうえで、わざと僕らの魔法攻撃を受けてくれたんだ。

うーん、まだまだ彼女には敵《かな》いそうにないや。

「でもでも〜、もうちょっと頑張れば、ピーター様もウィルマより強くなれますよ〜」

「え、ほんとに？」

「だから、あと半月の間に、もっと訓練を積みましょうね〜」

もう一度木剣を握るウィルマの眼鏡に、僕が映る。

半月前の不安と恐れに満ちた僕じゃない、強くなりたいと願う僕だ。

安心して、僕は成長する――多分、君が思ってる以上に。

「うん、よろしく頼むよ、ウィルマ！　まだやれるよね、ブッチ！」

「へっ！　俺様を誰だと思ってやがんだ！」

ぎゅっと尻尾を握り、僕はブッチと一緒に、もう一度ウィルマに挑んだ。

ラムダ兄様とリーガンが見つめている中、訓練はいつもより長く続いた。


訓練、勉強、休憩を挟んでまた訓練。

濃密な一か月を経て、僕らは明日、とうとう屋敷から旅立つ。

最後の訓練を終えた僕とブッチの二人は、明日に備えて早めに勉強を切り上げて、もうすっかり寝床につこうとしてた。

「ふんふんふ～ん♪　この毛づくろいの時間が、俺様の至福の時間だぜ～♪」

ブッチがテーブルの上で、尻尾を爪で撫でるのは毎晩のルーティーンだ。

僕も、いつもと同じように魔法の参考書に軽く目を通して眠るつもりだった。

「いよいよ明日には屋敷を出て、旅に出るんだからな。方々で美猫に見られても恥ずかしくねえように、尻尾は特にきれいにしとかねえと……」

でも、なんだか今日は、そんな気分じゃない。

ベッドの上でブッチをぼんやりと見つめていると、彼も僕の視線に気づいた。

「……どうした、ピーター？」

少しの間を空けて、僕は言った。

「ねえ、ブッチ。今日は、一緒に寝てもいいかな？」

「はぁ？　どういう風の吹き回しだ？」

ピン、と尻尾を立てて、ブッチが鼻で笑う。

これまで何度か一緒に寝たいと提案しても、そのたびにそっけなく断られてきた。

「お前が絶世の美女ならまだしも、ガキと一緒に寝る趣味はねぇよ。明日も早いんだし、つまらねえこと言ってねえで、さっさと……」

だけど、ブッチの声は、やがて静かに消えた。

僕の様子が――僕自身でも抑えきれないくらい、不安に満ちているのに気づいてくれた。

「……話ぐらいは、聞いてやる」

よかった。

僕の悩み事を突っぱねるほど、ブッチも鬼じゃないみたい。

「ありがとう」

ベッドに飛び跳ねて、隣に腰かけたブッチに、僕は前々からの疑問をぶつけてみた。

「ねえ、ブッチ。今更だけど、どうして僕を手助けしてくれるようになったの？」

「最初に会った時に言ったろ。俺様にとって、お前は最高の魔力供給源だ。お前がいると、俺様は好き放題に魔法を使えるって、それだけだぜ」

うん、知ってた。

知ってたとはいえ、はっきり言われると、それはそれでダメージがあるなあ。

「や、やっぱりそうなんだね……」

「……少なくとも、最初はそれだけだった」

「え？」

「お前はよぉ、いつでもまっすぐ前を向いてただろ。最低ランクの召喚獣を呼び出しても、周りの連中に同情されても、ひたすら前進を止めなかっただろ。そういう奴は、俺様は嫌いじゃねえ」

彼の口調は、いつもの偉そうなものでも、厭世《えんせい》的なものでもない。

なんだか深い慈しみのある、父親のようなものだ。

「世の中の連中は、召喚士を、呼び出した召喚獣のランクだけで判断する。そいつにどれだけの素質が眠っていようが、実力があろうが、そのランクが低けりゃ見向きもしねえ。確かな現実で、変えようがねえ世の中のルールだ」

ブッチの話は、何一つ間違っちゃいない。

召喚士のスペックはすべて召喚獣で決まる、と豪語する同業者がいるほど、召喚獣のランクは界隈で重要視され、絶対であると持ち上げられる。

僕がケットシーのブッチを召喚した時に、召使いやメイドがざわついたのは、「あのサンダース家の血筋の者が、低ランクの召喚獣を呼ぶはずがない」というある種の偏見からだ。

ブッチのことをもっと知ろうとしなかったら。

魔法の存在を知らなかったなら、本当に絶望していたに違いない。

「ピーター、それでもお前は諦めなかった。いくら俺様が最強の召喚獣だっつっても、成功する保証なんてなかったのに、ただ俺様を信じただろ」

「……ブッチ……」

「気に入ったんだよ。お前みたいな、バカ野郎がな」

へっ、と笑うブッチの顔を、僕は正面から見られなかった。

ここまで僕に期待を寄せてくれる彼に、「僕は家族のような立派な人になれない」という不安を吐露《とろ》するのに、まだ抵抗があったんだ。

二人いる僕の兄様も、父様もとても優秀な召喚士だ。

巨大な魔物を何度も討伐したし、国で起きた災害の人命救助にも貢献してる。

三人を支えた母様は、もっと偉大なんだ。

そんな家族と、血筋があるからこそ、僕はずっと不安を拭《ぬぐ》えないでいた。

「……僕は、なれるのかな。サンダース家に相応しい、召喚士に」

サンダース家の名誉を汚したら、どうしよう。

僕だけが失敗してしまったらどうしようと、召喚の儀を終えた日から、ずっと思ってた。

ようやく心を支配していた悩みを告げた僕に、ブッチは心底くだらなさそうに言った。

「ハッ。何言ってやがる、なれるわけねえだろうが」

あまりにもシンプルで、残酷な答えだ。

「……ははは、そうだよね」

でも、ブッチが言うなら間違いない。

僕は「そうじゃない」と答えてほしかっただけで、返事なんて決まり切っていたのに。

「わかってるつもり、だったんだけど……僕、何言ってるんだろ……」

心臓に重石が乗ったような気持ちでうつむいていると、彼は話を続けた。

「お前はお前だ、ピーター。自分自身のために、召喚士になれ」

「……！」

途端に、重石がぐらり、と動いた。

僕が顔を上げると、黒猫がこっちを見て、眉を吊り上げている。

怒っているんじゃない——呆《あき》れてるんだ。

「俺様に魔力を与えられる時点で、お前は立派な天才だ。ウィルマとの訓練を経て、旅に出られるくらい強くなったろ。その上で、いいか、耳の穴かっぽじってよく聞け」

いつまでもいじいじしている僕に。

自分の願いをはっきりと言えずにいる僕に。

「誰のためにじゃねえ。お前自身が何をしたいのかを、お前が決めるんだ」

ああ、そうか。

僕はサンダース家の人間である前に、転生した一人の人間だ。

異世界に来た時、あれほど自分のやりたいことをやるんだって、決めたじゃないか。

「……僕は……」

何がしたい、今、僕が一番やりたいのは。

少しだけ間を空けて、すう、はあ、と深呼吸してから、ブッチにはっきりと告げた。

「僕は、召喚士になりたい。伝説の金一等級召喚士に、挑戦したい」

サンダース家も大事で、家族の期待も大事なのはわかる。

だけど、そんなのを何もかも投げ捨てても、僕は一流の召喚士になりたい。

この体で、この心で、転生した運命の中で——僕は芽生えた夢を掴みたいんだ。

「言えたじゃねえか。ただ認められたい、家族の名誉を守りたいだなんて、あいつみたいなクソつまらねえ目標よりずっといいぜ」

「あいつ？」

「大召喚士オルドリードだよ。あの野郎も、最初はくだらねえ目標を立ててたもんさ」

「え、ええっ⁉　偉大な大召喚士が！」

「誰だって、最初はそんなもんだっての」

ブッチは笑って、ぴょんとベッドの上で跳ねた。

「だったら改めて、俺様も協力してやる。男に二言はねえ、世界に大召喚獣ケットシー族、ブッチ様ありって、名前を広めてやるさ！」

「できるよ、きっと！　僕とブッチなら！」

僕とブッチは、初めて互いに笑い合って、拳をぶつけ合った。

もう、心のどこにも、恐れや不安はない。

すっきりと晴れやかな気分のまま、僕はベッドに転がる。

「よし、明日に備えて今日はもう寝よう！　おいで、ブッチ！」

「気分が良くなったらおねむたぁ、調子のいい野郎だな」

ブッチはというと、さっきまでの笑顔はどこへやら、またいつものぶすっとした顔つきだ。

きっと彼のことだから、このままベッドの隅で丸まって寝ちゃうんだろうね。

「やっぱり気が変わった、俺様は一人で寝る……ぎゃわーっ!?」

けど、今日ばかりは一緒に眠りたいな。

なんて僕が思うのと、ブッチを手元に引き寄せるのは、ほぼ同時だった。

もこもこしたお腹に顔を寄せると、猫特有の匂いが鼻に入ってくる。

「うーん、ブッチの毛ってやっぱりふわふわで気持ちいいね」

「やめねえか、この……にゃぎゃー！」

ブッチの声が聞こえたって、猫吸いはやめられない。

せっかく仲良くなれたんだから、友好のしるしとして、もうちょっと吸っちゃおう。

──そのうち、ブッチが諦めてされるがままになってから少しして、僕もブッチもぐっすりと眠ってしまった。

彼の匂いは、どんなアロマよりも優しく、僕を夢の世界に連れていってくれた。

第四章

「——うおおおおおお〜んっ！」

翌日、サンダース家の屋敷の正面に、デリック父様の泣き声が響いた。

僕とブッチが旅立つ当日、ここに住む皆が、旅立ちを祝ってくれた。

そしたら、ポーチを斜め掛けにして屋敷を出ようとする僕を見た父様が、いきなり感極まって泣いちゃったんだ。

二人の兄様や召使い達は、鼻水を垂らして泣く父様に、若干引いてる。

ブッチはというと、見ているこっちが複雑な気持ちになるくらいドン引きしてる。

「父様、いつまで泣いているのですか……」

エイブラムス兄様が肩を叩くと、父様は顔を汁まみれにして言った。

「だってさぁ、あの小さなピーターがこんなに立派になって、なのに私のそばから離れるって言うんだから！　パパ、やっぱり寂しいよおおお〜っ！」

『ラムダ、お主の父様は、相変わらずであるな』

「俺達の時もこうだったな、そういえば」

ラムダ兄様とリーガンは顔を見合わせて、困った調子で肩をすくめた。

一方で父様は、どたどたと僕の方まで駆け寄り、思いっきり抱きしめて、僕の焦げ茶色の髪をわしゃわしゃと撫でまわした。

「なあ、ピーター？　ここまできてなんだけど、出発はもうちょっと引き延ばしてな、パパと一緒の時間をもっと作っていこうじゃないか！」

「え、ええっ？」

「なあに、旅なんていつでも出られるさ！　とりあえず一年ほど、パパが……痛だっ⁉」

そのまま僕を連れて屋敷に戻ろうとした父様の体が、急に跳ね上がる。

大人の男の体が浮き上がるほどの蹴りをお尻に叩き込んだのは、当然アマンダ母様だ。

「ま～たグダグダ言ってんのかい、みっともないよ！」

「あ、アマンダぁ～……」

「ピーターがここまで成長したんだ、力強く旅立ちを祝ってやるのが、親の役目だろう！　あの子が行くって言ったなら、背中を押してやるもんさ！」

いくら父様でも、鬼の形相をした母様には逆らえないね。

「うう……ピーター、寂しくなったらいつでも手紙を送ってきておくれ！」

「わかりました、父様。旅先で、必ず手紙を送りますね」

おんおんと泣き続ける父様を母様が引きずっていくのを横目に見ながら、ラムダ兄様が僕に声をかけた。

「ピート。サンダース家のしきたりで、試験を行う町までは歩いていかなければならない。大きな道を使えば安全だが、そうもいかないところもある」

屋敷から試験を開催する町まで、馬車を使えばそう遠くはないんだ。

でも、徒歩となれば日数もかかるし、トラブルに遭遇しないとも言い切れない。

「そこで、ウィルマを護衛につける。彼女がいれば、大抵のトラブルはなんとかなるさ」

僕にとっても道中の危険は気がかりだったけど、ラムダ兄様の後ろからウィルマが歩いてくるのを見て、些末《さまつ》な心配は全部吹っ飛んだ。

だって、ウィルマ以上に強い人は、この屋敷の中にはいないんだから。

「ありがとう、ウィルマ！　君がいれば、百人力だよ！」

「ピーター様と一緒に旅ができるなんて、光栄です～」

「ははは っ！　こんな怪力女が一緒なら、確かに怖えもんなんか、何も……」

ブッチが口を滑らそうとした瞬間、眼鏡の奥から鋭い視線が彼に刺さった。

「何か言いましたか～？」

尻尾の先から耳の先まで、黒い毛を総毛立たせて、ブッチが身震いする。

「……ぴ、ピーター。俺様の代わりに、『お前が一番怖い』って言ってやれ」

「ブッチ。長生きしたいなら、ウィルマには逆らわないことだよ」

どうやらブッチにとって、この最強メイドの存在は、ちょっとしたトラウマみたい。

できれば友情を育んであげたい気分だけど、そろそろ屋敷を出ないと。

「ではピーター様、ブッチ様。参りましょうか～」

「うん！　皆、行ってきます！」

皆に手を振って、僕達は屋敷の外に出た。

ここを離れてしまったなら、もう、一流の召喚士になるまでは戻ってこれない。

「体に気を付けるんだよ、かわいいピーター！」

「自分の正しいと思ったことをやりなさい」

「どこにいるか、また教えてくれ。必ず会いに行くよ、ピート！」

「うわあああああんっ！　ピーター、ぜったい、ぜ～ったい手紙を書いておくれよぉ～！」

父様を含めた皆が手を振り、声をかけてくれる間、僕も手を振り返した。

そうしてすっかり姿が見えなくなった頃、ブッチが頭の後ろで手を組み、鼻を鳴らした。

「……ったく、騒々しい家族だぜ」

「でも、僕にとってかけがえのない、誰よりも愛しい家族だよ。もちろん、ウィルマもね」

「うふふ～、照れちゃいます～」

ほっぺたに手を当てて喜ぶウィルマと足並みを揃えながら、僕はポーチから一枚の大きな紙を取り出す。

これはヘルベイン共和国内陸地の詳細を記した地図だ。

複数の赤いチェックマークが刻まれているのが試験を開催する会場で、屋敷から西にまっすぐ進めば、一番近い場所に行きつく。

そのために、ちょっぴり険しい道を歩かないといけないけどね。

「ひとまず、僕達の最初の目的地を共有しておこうか。僕がこれから向かわなきゃいけないのは、ここから少し離れた城下町『モルデカ』だ」

「少しって、どんなもんだ?」

「ここからだと、小さな町を二つほど中継するくらいかな」

「ケッ、馬車が使えねえのが難儀だぜ」

「召喚士の試験を受けられる、一番近い町がそこなんだ。他の町でも試験は受けられるけど、今後のことを考えるとモルデカが一番だね」

今後の旅路について話しているうち、平坦な道は次第に、入り組んだ地形に変わる。

傾斜も強めで、木々も生い茂って、人通りもめっきり減った。

道の右側が崖になっているのは、さすがに足を滑らせると危ないなあ。

「なあ、もうちょっと平坦な道はねえのかぁ?」

「僕は慣れてるけど……」

「ウィルマも慣れっこです~」

僕はフィールドワークで、ウィルマは戦闘訓練で、これよりずっと厳しい自然の中を歩いた経験があるから、さほど苦には感じない。

ただ、ブッチにとっては、この距離の徒歩でも面倒に思えるみたい。

「こっちは数百歳の老猫だぜ、もうちょっといたわりやがれ」

「いつもはおじいちゃん扱いすると、怒りますよね～？」

「……あー痛い、腰と背中が痛いなぁー……」

ウィルマに痛いところを突かれたのか、ブッチが露骨に肩を揺らし始めた。

うーん、放っておいてもいいけど、ごねると大変だね。

「しょうがないなあ。ブッチ、僕に乗っていいよ」

「お、気が利くじゃねえか！」

僕がそう提案すると、ブッチはぴょん、と背中におぶさった。

ここまで身軽なら、正直、僕よりタフだと思うんだけど。

そんな風に思いながら険しい道を歩いていると、ふと、ウィルマが瓶底眼鏡をくいっと動かしながら僕に聞いてきた。

「ところでピーター様～？　試験を受けなくては、召喚士にはなれないのですか～？」

「召喚士を名乗るには、公的な資格を手に入れなきゃならないんだ」

そういえば、ウィルマに召喚士の資格について、ちゃんと話したことはなかったっけ。

「召喚獣を呼び出しただけじゃ、世間は召喚士だって認めてくれないんだよ。もちろん自称するだけなら可能だけど、国からは何の恩恵ももらえないね」

この世界における召喚士とは、単に召喚獣を呼んだ人間を指すわけじゃない。

法律を学んだだけで弁護士になれるわけでも、簿記を勉強しただけで会計士になれるわけでもないのと同じだ。

「しかも召喚士には、銅から金の等級……さらに細分化すると、五等から一等までの等級がある。兄様達は、二人共、金三等級なんだ」

「ほーう、金等級か。道理で、なかなかの召喚獣を従えてると思ったぜ」

「召喚士協会は、共和国元老院直属の組織だから、金等級という箔《はく》が昇進の最低条件になるんだ。エイブラムス兄様もラムダ兄様も、必死に試験に挑んでたよ」

「あいつらなら、そう苦労はしなかったろ。なんせ最上級の召喚獣を従えてんだからな」

ラムダ兄様はともかく、エイブラムス兄様の召喚獣はほとんど顔を見せない。

兄様曰く、気位が高くて、手懐けるのが大変だったとか。

「あの～、ピーター様？　召喚獣のランクって……」

「ああ、ウィルマは知らなかったね。召喚獣にも、ランクが存在するんだ」

僕は続けて、首を傾げるウィルマの質問に答えてゆく。

「上から最上級、上級、中級、下級。さらに細分化すると数字が付与されるけど、そこまで分けられるケースはあまりないよ」

「主に召喚獣の能力、呼び出される頻度と難易度でランクは決まる、だったか。人間の考えた、つまらねえ定規だ」

「今なら、僕も少しだけそう思うよ。ブッチはその規格に当てはまらないもの」

「フン、当然だろうが」

山と言うほどでもなく、森と呼ぶほどでもない道は、さらに傾斜を強くする。

ちょっと油断すると、足を滑らせちゃいそうだ。

「ブッチが大召喚士に仕えていた時も、資格制度があったの？」

「今ほどしっかりしたもんじゃなかったがな。俺様がいた頃と変わってねえなら、まずは銅五等級の資格から始まるんじゃねえか」

「うん、そうだよ。モルデカでは、年に数回、銅五等級の召喚士試験があるんだ」

「そのモルデカってのは、どんな町だ？」

「ああ、そうか。あの町ができたのは五十年くらい前だから、ブッチはいなかったね」

僕も行ったことはないけど、ラムダ兄様から何度か話は聞いた覚えがある。

「モルデカといえば、行商人で賑《にぎ》わう町ですね～。国中の珍しい料理が集まることでも有名なんですよ～」

ウィルマは何度か来訪経験があるみたいで、思い出を浮かべて舌なめずりをしてた。

実は彼女は、かなりの食いしん坊で屋敷でも有名なんだよ。

「あはは、また食べ過ぎて動けないようになっちゃダメだよ」

「気を付けます～」

頬に指をあてるウィルマを見て、ブッチがけらけらと笑った。

「食い過ぎて動けねえなんざ、こいつもかわいいところがあるじゃねえか」

「牛の丸焼きを、二頭分も食べちゃったんです～」

「え？」

僕は背中が見えないけど、ブッチの顔が強張るのを確かに感じた。

どうしてかって、ウィルマの視線が、明らかに僕の背中に刺さってるからだ。

いや、僕というより、僕におぶさっているブッチの背中に。

「……じゅるり。思い出してると、なんだかお腹が空いてきちゃいました～」

「お、俺様を見るなよ⁉　俺様はあれだぞ、その、骨ばってるしよ、毛もいっぱい生えてるし、た、食べたらピーターがただじゃおかねえんだぞ⁉」

「そうだなあ、ブッチがモルデカに行くまで、わがままばっかり言ってたら……」

「あー、あー、急に走りたくなってきたなーっ！　とうっ！」

生命の危機を感じたらしいブッチは、うろたえながら僕から飛び降りた。

そして僕らを置いて、たちまち走って行って、あっという間に見えなくなっちゃった。

ああ、やっぱりこうなるよねって納得する僕の隣に来て、ウィルマがくすりと笑う。

「ちょっと怖がらせちゃいましたでしょうか～?」

「そんなことないよ。ブッチも歩いた方が、健康に……ん?」

早めに連れ戻さないと、と僕が思っていると、曲り道の奥からブッチの声が聞こえてきた。

「――何してんだ、テメェ、離しやがれ!」

ところが、姿を見せたのはブッチだけじゃない。

彼の尻尾を掴んで持ち上げ、ニヤニヤと笑う女性も一緒に現れたんだ。

「おうおう、何かが膝にぶつかってきたかと思ったら、しゃべるアライグマかい。こりゃあ煮ても焼いても、マズくて食えそうにないねぇ」

ぼさぼさの長い髪と、顔についた泥汚れや、ウィルマほどじゃないけど屈強な体つき。

恐らく野盗かその類《たぐい》と思しき女性が笑うと、ブッチは牙を剥いて怒鳴った。

「だぁーれがアライグマだ! 俺様はケットシー族で一番の召喚獣、ブッチ様だぞ!」

「ほう、召喚獣かい? だったらさしずめ、あそこのお坊ちゃまは、あんたのご主人サマってとこかね」

彼女の目が僕を捉えて、口端がにやりと吊り上がる。

「だったら話は別だ。弱っちいガキと召喚獣から、身ぐるみを剥《は》いでやるとするかね!」

うん、やっぱり彼女は山賊みたいだね。

前世じゃあ絶対に見かけない職業だけど、異世界ならさほどおかしくない。

元は騎士だったのに、クビになって盗賊に身をやつす人もいるくらいなんだから。

「おぉーい！　ピーター、ウィルマ！　こいつら、山賊だぜーっ！」

「見るからに山賊ですね〜。この辺りには、よく出没しますよ〜」

「それを先に言えっつーの、アホメイド！」

ギャーギャーと叫ぶブッチに、女山賊は顔を少しだけしかめた。

そういえば、山賊なのに、一人で行動してるのかな。

「いいかい、一度しか言わないからよく聞きな！　服と有り金を全部置いていくんだ、さもないとひどい目に遭うよ！」

なんて僕の疑問は一瞬で解消された。

『ウルル……！』

女山賊の後ろから、ぬっと人間じゃない何かが現れたからだ。

僕の三倍ほどある背丈に、青黒い肌、筋骨隆々の体つきと手にした棍棒《こんぼう》。

何よりつるつるの頭と、一つしかない巨大な目が、あれの正体を僕に教えてくれた——一つ目の大巨人、召喚獣『サイクロプス』だ。

「召喚獣⁉　この女、もしかして召喚士なのか⁉」

「資格なんてもんはないけど、召喚士の端くれみたいなもんさ」

驚くブッチを揺らして、女山賊が鼻で笑った。

「このサイクロプスの『グルド』はいい子だよ、邪魔する連中を、棍棒で片っ端から叩き潰してくれるんだからね！　昨日も、生意気な冒険者をぶん殴ってやったんだ！」

『ウオオオオ！』

「言っとくけど、逃げようなんて思わないことだね。こんな道で走ろうもんなら、足を滑らせて、あっという間にあの世行きさ！」

強烈な唸り声は、彼女の言う通り、サイクロプスが凶悪な腕力を持つ証拠だ。

確かにあんな大きなモンスターに脅されたら、金目のものを全部置いて逃げるだろうね。

「召喚士の中には、犯罪に走る人も多いって聞いたけど……まさか、山賊になる人がいるなんて、思ってもみなかったよ」

「つべこべ言ってないで、金目のものを置いてくか、潰されるか、さっさと選びな！」

だけど、僕はそうはいかない。

「ピーター様〜、ウィルマがみじん切りにしますね〜」

「ううん、ウィルマの手を借りるほどじゃないよ」

ウィルマがいるのも理由の一つだけど、そもそも頼る必要だってない。

「そうだよね――ブッチ！」

だって、僕とブッチだけで、彼女達を倒せるんだから！

「おうよ！　くらいやがれ、この野郎！」

言うが早いか、ブッチが勢いよく女山賊の手に噛みついて、手を離した隙に逃げ出した。

「痛でで っ⁉　このブサイクな猫め、噛みやがったね⁉」

ぶんぶんと手を振って喚く女山賊に目もくれず、ブッチは僕のもとまで駆け寄ってくる。

「大丈夫、ブッチ？　ケガはない？」

「笑わせんなよ！　あの程度の連中が、ブッチ様に傷一つつけられるわけねえっつーの！」

「ならよかった。それじゃあ早速、反撃といこうか！」

「おう！」

並び立つ僕らの前で、女山賊が怒りの炎を目に灯す。

「ナメた真似しやがって……グルド、叩き潰してやりな！」

『ガオオオオオ！』

彼女の命令に従って、サイクロプスが棍棒を振り回しながら襲いかかってきた。

狭い道なのに、足を滑らせるのも恐れずに暴れまわるのは、サイクロプス族が直情的であまり思考しない種族である証拠だ。

「勢いは強いけど、大ぶりな攻撃だ！　これなら、簡単にかわせる！」

「相変わらず、軽業師みてえな身のこなしだな！　俺様も負けてらんねえぜ！」

おまけに攻撃は単調だから、僕もブッチも、さらりと回避できる。

何度攻撃されたって、僕らに棍棒を当てるどころか、掠めることだってできやしないよ。

『ゴオオオオ！』

「な、なんだい、こいつら！　チビのくせに、調子に乗ってんじゃないよ！」

僕らに攻撃が当たらないと、敵は自然に苛立《いらだ》ってくる。

そうなればますます動きは雑になる――つまり、僕とブッチに反撃の機会が生まれる。

「火属性・猫魔法『ウィル・オ・ウィスプ』！」

敵の攻撃が大振りになった瞬間を、僕らは見逃さなかった。

僕が尻尾を握ると、ブッチの両手から火の玉が放たれた。

『ガアアアア⁉』

「熱っ、あづっ⁉　なんだいこりゃあ、火が追いかけてくる⁉」

しかもこの火の玉は、ただの火じゃない。

逃げ回る女山賊とサイクロプスを、ふわふわと追尾し続けるんだよ。

「よっしゃあ！　見ろよピーター、あいつら慌てて、鬼火から逃げ回ってるぜ！」

ブッチはけらけらと笑うけど、僕はなんだか嫌な予感を覚えた。

敵を追い払えたのはありがたいのに、それだけじゃ済まない不吉さが、心臓から背筋にぞっと奔っていったんだ。

「……いや、まずい！」

その理由を悟った時、僕は思わず声を上げた。

「何をぼさっとしてんだい、あたいの火をさっさと消しな……あっ！」

女山賊がどたどたと駆け回っていると、つるりと足を滑らせてしまった。

狭い道で転べばどうなるか、考えなくたってわかる。

彼女は強く頭を打って、谷の方に体をよろめかせた。

『ガアオ⁉』

「危ないっ！」

落ちる——直感で理解できた僕が、サイクロプスよりも早く動く。

そして、谷底に落ちそうになった女山賊の手を、ぐっと掴んだ。

「う、ぐ……！」

「ひ、ひいい！　落ちる、このままじゃ落ちちまうよぉ！」

ただでさえ大人の体を引っ張り上げるのは難しいのに、パニックになった女山賊が暴れるせいか、両手にうまく力が入らない。

「何やってんだ、ピーター！　お前を襲ってきた山賊なんざ放っとけ、サイクロプスに任せときゃいいんだよ！」

「ダメだ、サイクロプスの力だと、あの人の手を折っちゃう！　それがわかってるから、この召喚獣も助けられなかったんだ！」

『ウググ……』

僕の予想通り、サイクロプスがもじもじとしているうち、僕の体がずるずると女山賊の重さに引きずられてゆく。

しまった、このままじゃ一緒に谷底に真っ逆さまだ。

「わああっ！」

そしてとうとう、僕の体も、ふわりと宙に浮いた。

「ああ、もう、このバカ野郎！」

僕が谷底に落ちていかなかったのは、ほとんど間髪を入れず、ブッチが僕の足を掴んでくれたからだ。

もちろん、それだけじゃ耐えられないから、ウィルマがブッチの足を握ってる。

このまま引き上げれば全員助かるかといえば、そうでもなく、ウィルマが思い切り力を入れればブッチの足が砕けちゃう。

要するに、支えていても、持ち上げられない状況だ。

「筋肉メイド、俺様から手を離すんじゃねえぞ！」

乱暴なブッチの声を聞いて、ウィルマの瓶底眼鏡が光る。

「今の言葉～、忘れませんからね～」

「うっ……と、とにかく、魔法でさっさとどうにかしねえとな！」

僕はブッチの言葉を聞き、反射的に片手を離して彼の尻尾に触れた。

「猫魔法『キャット・ピラー』！」

ブッチが呪文を唱えると、今度は道の奥からどたどたと、何かが駆ける音が聞こえてきた。

いろんなところから走ってくるのは、白、三毛、ブチ、黒——いろんな色の、猫だ。

「「にゃおーんっ！」」

猫は誰に命令されるでもなく、ウィルマの足をふんわりと掴む。

いや、掴むというより、しがみついてる？

「わわわっ⁉　この猫、どこから来たの⁉」

「俺様の魔法で、辺りの猫を呼び出したんだよ！　細けえことは気にすんな、このまま一気に引き上げるぞ！」

これなら、ウィルマが力を入れなくても、猫がどうにかしてくれる。

猫の力は想像以上で、あっさりとウィルマ、ブッチ、僕の順に宙ぶらりんの状態から解放してくれて、最後に女山賊をずるりと道に引き戻した。

「ひい、ひい……」

間一髪の状況から助かった彼女は、サイクロプスに背中をさすってもらっても、まだ体をがくがくと震わせていた。

一方で僕は、役目を終えて走り去る猫から仲間に視線を向けて、お礼を言った。

「助かったよ、ブッチ、ウィルマ。ありがとうね」

「まったく、ちょっとは考えてから動きやがれ！　俺様とこいつがいなきゃ、お前は今頃、谷底に真っ逆さまだったぜ！」

「ブッチ達がいるから動けたんだ。絶対に、僕を助けてくれるって信じてたよ」

「フン、調子のいい野郎だな！」

「もちろんです～。ピーター様を守るのが、ウィルマの使命ですので～」

ウィルマが手を合わせて微笑むのと、女山賊がやっと落ち着いたのは同時だった。

「な……なんで、あたいを助けたんだい？　あんた達を襲おうとしたのに……」

『ガ、ガウ……』

彼女の質問は、僕にとってあまり難しいものじゃない。

「なんでって、あのまま落ちると命が危なかったからですよ」

人が死ぬって時に、黙って見ているだけなんて、そんなわけないじゃないか。

「いい人とか、悪い人とか、そんなの誰かが死にそうになってるなら関係ないんです。簡単に失われていい命なんて、どこにもないんですから」

そう言い切ってから、僕は少しはにかんで、ブッチを見た。

「……なんて、ちょっとカッコつけちゃったかな、ブッチ？」

「ああ、そうだな。だが、今のお前はめちゃくちゃカッコいいぜ」

「ピーター様～、とぉ～っても素敵でした～」

「えへへ、照れちゃうな……」

どうにも恥ずかしくなって、誤魔化すように僕は頬を掻く。

なんだか、人に説教とかするのは僕の性に合わないなあ。

女山賊だって、こんな子供に死生観を説かれても、「うるせーしらねー！」としか思わないだろうし。

「――ウィルマの言う通り、やはり貴方はサンダース家の立派な男児ですね！」

なんて思っていると、山賊の声色が急に変わった。

「「へ？」」

僕だけじゃない、ブッチとウィルマも驚いていると、彼女は顔を服の裾でごしごしと拭いて、もう一度顔を上げた。

「騙《だま》してしまって申し訳ありません。実は私、屋敷のメイドなんです」

そこにいたのは、野蛮な山賊じゃない――屋敷で見たことのある、メイドの一人だ。

「えぇぇーっ!?」

あまりにも信じられない事実に、僕らは揃《そろ》ってひっくり返った。

だって、山賊にしか見えない化粧をする前と後で、あまりにも見た目が違うんだもの。

ウィルマでも見抜けないなら、僕にもブッチにも、判別できるわけがないよ。

「た、確かにこいつ、屋敷で見たことある気がするぜ!?」

「では～、こちらのサイクロプスは何ですか～?」

「彼は私の召喚獣です。サンダース家の屋敷で働くとなると、一緒にいるのが大変なので実家に預けていたのですが、今でもこうして、たまに会っているのですよ」

『ガァーウ!』

メイドが頭を撫でると、サイクロプスは嬉しそうに吼《ほ》えた。

さっきまでの野蛮さがどこにもないことからして、彼もかなりの演技派だよ。

「でも、何だって山賊の真似なんかして、僕のところに来たの……?」

当然と言えば当然の問いかけに、メイドはにっこりと笑って答えた。

「それはですね、エイブラムス様に頼まれたからですよ」

「エイブラムス兄様が?」

「ええ、山賊のふりをしてピーター様を襲い、もしもウィルマの助けを借りたり、あっさりやられたりするようなら、連れ戻すようお願いされていたんです。きっと、あのお方なりに、ピーター様を心配してらしたんでしょう」

「そ、そうなのかな?」

「そうですとも。訓練を見に来る余裕がないほどの激務に追われていても、ピーター様の日々の頑張りを報告するよう、召喚獣に言っていましたから」

正直、エイブラムス兄様と話す機会は、このひと月の間ほとんどなかった。

忙しいのは知っていたし、僕の方から声をかけるのも迷惑だと思っていたのに、エイブラムス兄様なりに僕を想っていてくれたんだ。

やり方はちょっぴり乱暴でも、なんだかありがたいな。

「過保護なのか横暴なのか、サンダース家ってのはわからねえもんだな」

「きっと、不器用なんだと思う。でも、優しさはよく伝わったよ」

「とにもかくにも、ピーター様は旅の関門を突破されました！　屋敷の皆様も、きっとお喜びになることでしょう！」

メイドが手をぱん、と叩くと、サイクロプスが僕とブッチを担ぎ上げ、そのまま肩に乗せてくれた。

「さて、それではピーター様、モルデカまで私とグルドがご案内しますね」

「いいの⁉　僕らだけで旅をする意味、なくない⁉」

まさかの提案に僕が驚くと、メイドは首を横に振った。

「私達を倒したご褒美のようなものです。エイブラムス様からも、ピーター様を安全な道を使って、モルデカに一番近い町まで案内するよう指示されましたので！」

「いいじゃねえか、ピーター！　もらえるもんは、何でももらっとけ！」

「のんびりゆったりな旅も、悪くありませんよ～」

確かにこれからの道はもっと険しくなるかもしれないし、本物の野盗や魔物に遭遇しないとも言い切れない。

それに、サイクロプスの護衛なんて、これ以上に頼りになるものもないかも。

「……それもそうだね。じゃあ、道案内をお願いしてもいいかな？」

「お任せください！　行きますよ、グルド！」

『ガオゥ！』

こうして僕らは、巨人の肩から雄大な景色を眺めつつ、モルデカへの道を進んだ。

後ろからウィルマがついてくるのを、上から見下ろすのはとっても新鮮で、なんだかそれだけで楽しい気持ちになれたよ。

——そういえば、ちょっぴり気になることがあったんだ。

「あ、ちなみに、さっきのサイクロプスの乱暴自慢は……」

「冒険者を、とかいうのですか？　もちろん冗談ですよ！」

「だ、だよね！　いくら何でも……」

「道中で私をナンパしてきた冒険者を、地の果てまでぶっ飛ばしただけです！」

「……そ、そっか……」

——うーん、サンダース家のメイドは、強い人ばっかりだなあ。

「——見えたよ、二人共！　あれが城下町『モルデカ』だ！」

そうして二つほど町や村を経由して、僕は左手に見える町を指さした。

正確に言うと、モルデカの町じゃなくて、既に使われなくなった城が見えてきたんだ。

「おお、思ってたよりもデカい町じゃねえか！」

僕の背中にくっついていたブッチが、ぴょんと降りて城を眺める。

八百年前にもあったはずだけど、久しぶりに見ると、きっと何でも新鮮に見えるのかもしれないね。

「近道を教えてもらったおかげで、予定よりもずっと早く着いたよ。あの二人には、後で手紙でお礼を伝えておかないとね」

さて、僕らが本来より一日ほど短縮してモルデカに到着したのは、メイドと彼女の召喚獣、サイクロプスのグルドのおかげだ。

『ピーター様、お達者でーっ！　ウィルマ、主人をお守りするのよーっ！』

『ウガオオオオーっ！』

彼女達とは再び森に入る前に別れたけど、その前に近道をたくさん教えてもらった。

二人がいなきゃ、もう一日ほど時間をかけちゃったなあ、とか思いながら、僕はブッチとウィルマを連れてモルデカの小さな門をくぐる。

大きな町だけど、城壁がなかったり、門番がいなかったりする理由は、ひとえにこの国や世界が平和な証拠だ。

それに、ちょっとした野盗や魔物なら、今どきは魔法士が撃退しちゃう。

そもそも、ごった返すほどたくさんの人が行き来する場所で、ならず者が「金を出せ」なんて暴れるわけがないか。

「すごい人だね。召喚士の試験が近いからかな?」

「理由の一つではありますけど、交易が増えてから、人通りが増えたんですよ～」

ウィルマが後ろから、にゅっと顔を覗かせる。

「城が戦争で落ちてから、復興のついでにいろんな国の人を迎え入れたんです～。そしたら、自然に人が集まって、ここまでの規模の町になったんです～」

言われてみれば、僕らが歩いている大通りには、いろんな国の人がいる。

ファンタジー世界のほとんどはヨーロッパ系の顔つきの人なんて印象があるけど、通りで物を売ったり、買ったりしている人には、そうじゃない人がたくさんいるんだ。

「はいはい、寄ってって！　海の向こうでしか買えないスパイス、今なら安くしとくよ！」

「東の国のお茶アル、買ってくアルよ！」

インド系、中華系、あとは犬耳や猫耳がついた人。

僕としては、いろんな人がいた方が楽しいな。

そもそも僕らだって、焦げ茶色の髪のちびっ子に、藍色の髪の瓶底眼鏡のメイドに、燕尾服を着た黒猫なんだから、相当おかしなパーティーだ。

「それにしても、お前らのおかげで、旅も案外飽きなかったぜ」

両手を頭の後ろで組みながら、ブッチが言った。

モルデカの光景にも確かに感動したけど、道中だって信じられないくらい楽しかった。

「ウィルマの手料理に、ブッチの競りに……うん、一つ目の町に着いたばかりなのに、もう思い出がたくさんできちゃったね」

歩きながらでも、目を開いていても、旅路の思い出が浮かび上がる。

特に印象に残ってたのは二つで、一つは野営中にウィルマが作ってくれたスープ。

『ピーター様～、ウィルマの特製スープですよ～』

メイドとして一通りの家事をこなせるように訓練されたウィルマは、当然料理も作れるし、味だって絶品なんだ。

ただ、見た目は……その、ちょっとだけ個性的なんだけど。

『お、おい、ピーター……これ、スープじゃなくて、泥……』

どこからどう見ても灰色の泥に肉や野菜が詰まったスープでも、美味しいのは僕の保証付きだし、ブッチもきっとわかってくれるはず。

『見た目はすごいけど、味は美味しいよ。ほら、ブッチも一気に、ぐいっといって！』

『んぶ、おごごご⁉』

だから僕は、ブッチにスープを飲ませてあげた。

すごい顔になった彼が、次の瞬間には美味しさで顔をとろけさせていたのを見て、僕とウィルマはガッツポーズを取った。

こんな風に、道中は基本的にブッチのご機嫌と相談しながら進んでいたんだけど、彼のやりたいようにさせるだけじゃあ、トラブルにも遭遇しちゃう。

例えば、最初に寄った町の露店で、レアな魚を見つけた時だ。

『ブッチ、もう諦めた方がいいよ！　路銀がなくなっちゃう！』

『うるせえ、八百年前も食えなかった伝説の魚「レジェンドイッカク」が目の前にあるんだ！全財産はたいてでも、競り落とすぞ！』

今まで見たことがないくらい必死な形相で叫ぶブッチを、僕が引き留める。

彼の目に映ってるのは、ウィルマの背丈の倍ほどもある大きな魚だ。

もちろん、いくら稀少だからって、買ってあげるなんてできるわけがない。

『無茶しない方がいいよ、猫ちゃん。一匹、金貨百枚するんだからさあ』

『ひゃ、百枚だァ⁉』

目が飛び出るほど驚いたブッチが、僕のポーチから財布を取り出して中身を数える。

路銀は当然足りるわけがないし、これでもしも諦めないなら、きっとブッチがあくどい手段を考えてる証拠だ。

『ぐ、ぐぐ、手持ちは金貨二十枚……仕方ねえ、魔法で偽物の金貨を作って――』

ほら、贋金《にせがね》を作ろうとしてる。

『ウィルマ、止めて』

僕が静かに言うと、ウィルマがブッチを後ろから持ち上げた。

『失礼しますね、ブッチ様～』

『わ、ちょ……は～な～せ～っ！』

いくらブッチが尻尾を揺らして、ジタバタともがいても、ウィルマの腕力から逃れられるわけがない。

おもちゃが欲しいってごねる子供を玩具売り場から引き離す母親のように、ウィルマはたちまち、露店が視界に入らないところまで立ち去ってしまった。

『ごめんね、ブッチ。すいません、その魚は競り落とせないので、失礼します』

『お、おう……』

僕もまた、店主にぺこりと頭を下げて、ウィルマについて行った。

あの時はブッチを軽く叱ったけど、今となってはいい思い出だよ。

「ったく、あの時お前とウィルマが邪魔しなけりゃ、今頃最高級の魚にありつけてたぜ」

ブッチはというと、贋金作りを反省してないみたい。

このままへそを曲げられても困るし、ちょっとだけ飴《あめ》をあげてもいいかも。

「だったら、代わりにあそこの『灰色マグロ』でどうかな？」

僕が指さした先は魚屋で、店先には大きなマグロのような魚が寝かせられてる。

「ま、今回はあれで許してやるよ。もちろん、頭とかだけじゃなくて、一匹丸々だぜ?」

「よろしいのですか、ピーター様~?」

「ここに来るまでに、ブッチにすっごく助けられたからね。ご褒美みたいなものだよ」

店でマグロを買いながらウィルマに言うと、ブッチが毛を逆立てた。

「ご褒美だァ!? お前なあ、俺様をペットかなんかだと……」

「はい、どうぞ」

「にゃおーんっ! 猫まっしぐらーっ!」

マグロをあげるとかぶりついて、忘れる程度の怒りだよ。

僕よりずっと長生きしてて、戦いや人生の悩みで助けてくれる相棒でも、魚を食べてる時だけは子供みたいだなあ。

「もぐ、こりゃあ、まぐまぐ、むぐ、いい魚じゃねえか!」

「でしょ? ブッチはきっと、マグロが好きだと思ったから」

「ん? お前、なんで俺様がマグロが好物だって知ってんだ?」

言われてみれば、確かに。

僕はブッチの好きな食べ物が魚だ、ということしか知らない。

マグロが好きだったのは——確か、前世で友達だった、あの黒猫だ。

まあ、ブッチは「何でもいいか」なんて言いながらマグロにかぶりついているし、深く考えなくてもいいかもね。

「こうして見ると、ブッチ様も愛らしく見えますね～」

うん、僕もウィルマに同感。

ブッチは魚を食べるのに夢中だし、これからのことを考えるのは、僕らの役目だね。

「とりあえず、しばらくモルデカに滞在することになるだろうし、宿を確保しておこうか。試験に関する情報収集は、それからだね」

「ではでは、あそこの雰囲気の良さそうなお宿なんていかがでしょうか～」

ウィルマが指さしたのは、大通りから少し離れたところにある二階建ての宿。

あまりきらびやかなところより、程よく年季の入ってる宿の方が、僕としては好みだ。

「うん、いいね！　ブッチ、行くよ！」

「はぐはぐはぐはぐ……」

マグロに頭からかぶりついてる子供を連れて、僕らは宿のドアを開け、中に入る。

「すいません、どなたかいませんか？」

がらんとしたカウンターに声をかけると、奥から小太りのおじさんが現れた。

「おっと、こりゃまた珍しい、サンダース家の坊ちゃんか。お使いか何かかい？」

おじさん――きっと宿の主人が、僕をサンダース家の人間だとわかったのは、羽織っている上着に刻まれた家紋のワッペンのおかげだ。

僕の焦げ茶色の髪と、兄様の髪色が違っても、すぐに察してくれる。

「いえ、モルデカには召喚士の試験を受けに来ました。しばらく滞在すると思いますので、何日か泊まれる部屋はありませんか？」

「なるほど、サンダース家の旅か。お前さんの兄さんも、うちに泊まったのを思い出すよ」

「兄様達もここに来たんですか⁉」

「わしがまだ、宿を開いて間もない頃の話だよ」

兄様も同じ宿に泊まったなんて、なんだか運命を感じるなあ。

二人のように、ううん、二人よりもすごい召喚士になってみせると、一層気合が入るよ。

「これも何かの縁だろうさ。そういう話なら、うちに任せておくれ。最高級の部屋が空いてるから、そこを使っていいぞ。お代は少しばかりまけてやるさ」

「ありがとうございます！　よかったね、ブッチ、ウィルマ！」

「素敵な部屋だといいですね～」

「げっふ……骨まで美味かったぜ、ごちそうさん！」

「じゃあ、部屋まで案内してやるよ。ついてきな」

いつの間にか、背丈よりずっと巨大なマグロを完食したブッチと一緒に、僕らは主人の後について、廊下を歩いてゆく。

外から見るよりずっと広い宿をきょろきょろと見回していると、廊下の奥から、バタバタと、これまた恰幅《かっぷく》の良い女性が走ってきた。

「ちょっと、あんた！　どこをほっつき歩いて……あら？」

恐らく夫である主人を小突こうとした彼女は、不意に僕を見て、にっこり笑った。

「その紋章、サンダース家のものかしら！　だったらあなたが、エイブラムス様とラムダ様の弟さん、ピーターちゃんだね！」

「僕を知ってるんですか？」

「もちろんよ。お二人とも、最初の試験を受けに来た時、ここに泊ったんだもの。今でもたまにお手紙をもらうし、そこにあなたのことが書いてあったのよ！」

そんなの、初めて聞いた。

兄様が僕について手紙でつづってくれていたなんて、思わずにやけちゃう。

「サンダース家のお子さんが三人もうちに来るなんて、運命かしらねえ？」

「おいおい、わしに用があるんじゃなかったのか？」

主人が奥さんに声をかけると、彼女はまた眉を吊り上げた。

「そう、そうよ！　あんた、部屋のドアの修理がまだでしょうが！」

「おっと、すっかり忘れてたよ」

「忘れてたなんて、おバカ！　部屋が使えないままなんだから、早く直してちょうだい！」

「痛てて、お客さんの前だってのに、尻を叩くなよ！」

げしげし、と主人のお尻を蹴り上げながら、奥さんはにこにこと僕に笑いかける。

「うふふ、坊ちゃんは気にしなくていいのよ。代わりに、私が部屋に案内するわね」

部屋の修理なんて、なんだか厄介そうだ。

兄様の知り合いが困ってるなら――そうでなくとも、助けになれないかな。

「あの……よければですけど、扉の修理を手伝わせてもらえませんか？」

そう思うのとほとんど同時に、僕は二人に言った。

「あら、嬉しい申し出ね。でも、お客様にそこまでさせるのは良くないわ」

「そう言うなよ、お前！　この子も召喚士のたまごだ、そこのちっこい猫と一緒に、何か手伝ってもらおうじゃ……あいててて！」

主人のお尻をつねりながら、奥さんが頷いた。

「はあ……仕方ないわね。そしたら坊ちゃん、お願いしてもいいかしら？」

「はい、僕にできることなら、お任せください」

僕はウィルマとブッチに目配せして、奥さんについてゆく。

多分僕らが泊まるよりも奥の部屋に向かうと、明らかに本来の立て付けとは違う、ちょっぴり斜めに歪《ゆが》んだドアの部屋があった。

「ここだよ。泊まってる客が、閉める拍子に壊しちまったんだ」

「まったく、困ったもんだわ。町で見かけたら、修理代を払わせてやるんだから！」

ドアノブを回しても、押しても引いても、うんともすんともいわない。

無理にこじ開ければドアが倒れてきちゃいそうな危うさだ。

「なるほど……強く閉めちゃったせいで、開かなくなったんだね。部屋の中から押せば、どうにかなるかもしれないよ、ブッチ」

いつもなら「何でこんなくだらねえことで、俺様の魔法を使わせるんだ」って牙を剥くブッチの反応は、普段とはずっと違う。

「その通りだな。今の俺様は機嫌がいいんだ、特別にすげえ技を披露してやるぜ！」

マグロでここまで上機嫌になるなんて、思ってもいなかった。

では、せっかくなら、調子のいいブッチの手と尻尾を借りるとしようか。

「猫魔法――『ペーパームーン・ウォーク』！」

尻尾を掴んだブッチの体が、僕らの目の前で、たちまちペラペラの紙のようになった。

麺棒でうすーく引き延ばされた小麦粉よりもずっと薄く、風に吹かれてしまいそうなさまになったブッチは、ドアの隙間からひらりと部屋に入り込んだ。

「あら、あらら……!?」

尻尾の先っぽだけをつまんだ僕に、内側からブッチの声が聞こえる。

「おい、ピーター？　こっちから押せばいいんだな？」

「頼むよ、ブッチ」

僕が答えると、ドアがぎぎぎ、と音を立てて開いた。

部屋の中から元の体の厚さに戻ったブッチが出てきて、宿の夫婦は目を丸くしてる。

ま、そりゃそっか——魔法を使う召喚獣なんて、普通はいないからね。

「おいおい、こりゃすごいな！　まったく、驚かされたよ！」

「さすがはサンダース家の子ね！　本当に助かったわ、ありがとうね！」

「がっはっは！　これくれえできて当然だ、なんてったって俺様は偉大なるケットシー族の、ブッチ様なんだからな！」

褒められて気分を良くしたブッチが、腰に手を当てて笑う。

「こりゃあ、どうしてもお礼をさせてもらわねえと！　おい、通りで肉と魚をありったけ買ってきておくれ！」

「任せてちょうだい！　坊ちゃん、今日は豪勢な料理を振る舞うわね！」

おまけに料理も贅沢になると聞いて、僕もウィルマも、思わず顔がほころんだ。

アマンダ母様は昔、「人を助ければ自分に返ってくるけど、それを期待しちゃいけない」って教えてくれた。

今の状況が、まさしくそれかもね。

「ピーター様～、お夕飯がとぉ～っても楽しみですね～」

「うまいメシに、デカい部屋！　試験の英気を養うのに、これ以上いいもんはねえぜ！」

「うん、ブッチのおかげだね。二人共、ありがとうございます――」

にこにこと笑う二人に、僕がお礼を言った時だった。

「――おーい、おぉーいっ！」

宿の入り口から、男の人がばたばたと駆けてきた。

走り慣れてないのか、彼は僕らの前まで来て、肩で息をしながら言った。

「ぜえぜえ……おっさん、ここに忘れもん、してねえか⁉　リトルホースってモンスターの皮で作った財布なんだけどよ、全財産が入ってんだ！」

相当焦ってるみたいだけど、彼の表情はあまり窺《うかが》えない。

というのも、彼の目は、長い金色の前髪ですっかり隠れてるんだよ。

歳は三十代前半、サスペンダーパンツにローブ、すらっとした体型は街中でよく見る普通の格好なのに、その酒臭さだけで個性が出てる、なんだか不思議な人だ。

「まずい、まずいぜ！　あれがねえと、今日の酒代もありゃしねえってのに……！」

そんな彼は、さっきからわたわたと財布を探してる。

宿の夫婦や僕らはもう、とっくに見つけてるのに。

「……あんたが腰に提げてるのは、何かしら？」

「腰って、何の話だよ……ありゃ」

彼が自分の腰の辺《あた》りをさすると、そこには革紐《かわひも》でズボンに括《くく》りつけられた財布があった。

きっと、お酒を飲んだ拍子に、財布がどこにあるか忘れちゃったんだろうね。

だったらお会計はどうしたのか、とかは聞かない方がいいかも。

「おいおいおい、灯台下暗しとはこのことだな！　いやあ、財布をなくしたらどうしようかと……あいだーっ⁉」

男の人がけらけらと笑った途端、夫婦が揃って彼の背中に蹴りを叩き込んだ。

おまけに、思わずしゃがみ込んだ彼の背中に追撃まで入れられる。

「あんた、部屋のドアを壊しといて、黙って出て行くつもりだったわね⁉」

「直らなかったら弁償させてたとこだぞ、このこのっ！」

あちゃあ、どうやら、彼が扉を壊した張本人みたい。

戻ってきて謝るならまだしも、お酒を飲んで、悪びれずに帰ってきたなら、そりゃあ怒られて当然だ。

しかも見るからに、彼は財布を見つけたら、さっさとその場を立ち去ろうとしてた。

……もしかすると、扉を壊したのを知ってて、宿を出てったのかな？

それで財布がなくなって、にっちもさっちもいかなくなって、仕方なく戻ってきた？

「痛だだだだ！　ごめん、ごめんって、つい魔が差しちまったんだよーっ！」

あ、やっぱりそうみたい。

ノリと勢いだけでどうにかこの場をやり過ごそうとしてたなら、かなりの策士だ——宿屋の夫婦には、ちっとも通じなかったけど。

とはいえ、うずくまった彼が蹴られっぱなしになるのを、ずっと見てるわけにもいかない。

「二人共、落ち着いてください！」

「ピーター様、ウィルマが止めますね〜」

僕とウィルマが夫婦を引きはがすと、男の人はよろよろと立ち上がった。

「ひい、ひい……助かったぜ、少年……」

「まったく、こいつぁ一つも反省してねぇな。さっきからずーっと、目が泳いでやがるぜ」

なんだか飄々《ひょうひょう》としていて、掴みどころのない彼を見て、ブッチが腕を組んで呆れる。

一方で彼はというと、ブッチを見て驚いたようだ。

「おっと、しゃべるイタチとは、こりゃ珍しいもんだな」

「だぁれがイタチだっ！　俺様はケットシー族のブッチだ、二度と間違うんじゃねぇぞ！」

ケットシー族を、特にブッチを見た人のリアクションは、だいたい同じだ。

しゃべる猫にびっくりするか、口の悪さにびっくりするか、あるいは両方。

でも、彼はなんだか違った。

「……ほほう、召喚獣ね……」

前髪の隙間から見える金色の目が、わずかに細くなる。

「……？」

まるで僕とブッチを見定めるかのような目は、すぐに彼の前髪に隠れた。

どうしたんだろう、と僕が相棒に声をかけるより先に、男の人はくるりと宿の夫婦に振り返って、財布から銀貨を何枚も取り出した。

「いや、すまんかった。おっさん、おばさん、これでひとまず勘弁してくれ。そんでもって、宿は別のところを探すことにするよ！」

彼が夫婦に握らせたのは、ドアの修理費に充ててもまだ余るほどの銀貨だ。

「はあ……まったく、しょうがないな」

亭主さんと奥さんは仕方ないと言いたげに肩をすくめた。

「今回は許してあげるわよ。でも、次に宿のどこかでも壊したら、営業妨害で自警団に突き出してやるからね！」

「へいへい、すんませんでした、っと」

「それじゃあピーターちゃん、昼食を用意しておくから、いつでも食べに来てね」

「あ、ありがとうございます！」

二人が呆れた様子で廊下を歩いていくのをしっかり見送ってから、彼は僕の方に、前髪の奥から視線を向けた。

「……ところでガキンチョ、もしかして召喚士か？」

「あ、いえ、まだ資格をもらってないので……」

「そうか、じゃあ俺と同じだな」

僕を召喚士だと判断したのは、ブッチがいるからか。

もしくは、同じような人をずっと見てきたからか。

「俺はジェイセン。ジェイセン・ダンガ――お前と同じ、召喚士見習いだよ」

謎の多い人――ジェイセンさんは、僕らを見て笑った。

ギザギザの歯が、どこか印象的だった。

第五章

「――じゃあ、ジェイセンさんも試験を受けに、モルデカへ？」

「ああ、そうだ。試験を開始する町の中で、地元から一番近い町がここだったからな」

宿に荷物を置いた僕らは、ジェイセンさんに連れられて、モルデカでも一番大きな噴水広場にやって来た。

わけはともかく、アイスをおごってくれると言われると、ついていかない理由はない。

なんてったって、僕もブッチもウィルマも、アイスが好きだからね。

「三段重ねのアイス、とっても美味しいですね～」

「カツオ味のフレーバーがあるなんて、八百年前じゃ信じられねえぜ」

山盛りのアイスをほおばるウィルマと、不思議なフレーバーのアイスを舐《な》めるブッチ。

二人の隣でチョコアイスを食べる僕の肩に、ジェイセンさんが手をかけてきた。

「ええと、ピーターだっけか？　そこのブッチとかいうケットシー族が、お前さんの召喚獣なんだな」

「はい、僕の相棒です。ジェイセンさんの召喚獣は、どこにいるんですか？」

「あいつなら土の中だよ。人見知りでな、あまり外に出たがらねえんだ」

ブッチが興味深そうに、爪で地面を指す。

「土って……この真下か？」

「おうよ。あまり話題に出さないでやってくれ、俺達の会話も聞こえてるんだよ」

土に潜る召喚獣といえば、種族はいくらか限られてくる。

でも、自分について話されるのは、多分その召喚獣もいい気分じゃないよね。

「それよりも、驚いたぜ。まさか、魔法を使える召喚獣がいるなんてな」

努めて話題に出すのをやめた僕に、ジェイセンさんが言った。

「皆、そう言います。魔法を使うのは、よっぽど珍しいんですか？」

僕の問いに、彼は軽く頷く。

「よっぽど高ランクの召喚獣なら、魔法に近い能力を使うことはある。だがな、魔法そのものを、魔法士のように操る召喚獣なんざ、大召喚士オルドリードの召喚獣のほかには聞いたことがねえな」

「なるほど……」

「特に召喚獣としちゃあ最低ランクのケットシー族となりゃあ、なおさらだ」

「誰も、その召喚獣の正体を知らないんですか？」

「ああ、オルドリードの武勇伝がすご過ぎて、召喚獣はめちゃくちゃに脚色されてる。おかげで種族がちっとも掴めないいんだよ」

うーん、やっぱりケットシー族の評価って、召喚士の間でも低いんだ。

ブッチの力は、ずっとすごいのに——もしもブッチが大召喚士オルドリードの召喚獣だと聞いたら、ジェイセンさんはひっくり返るかな。

「サンダース家の血筋と言っても、普通はケットシーを呼び出した時点で、召喚士の才能としちゃあ期待はできねぇよ」

「おい、そりゃあ聞き捨てならねえな」

「事実だろ？　普通のケットシー族は、日がな一日ゴロゴロのんびり、バルコニーで寝てるかふらふらしてるかの、どっちかだ」

「そうなの、ブッチ？」

僕が聞くと、ブッチは少しだけバツの悪い顔になる。

「……まあ、否定はできねぇ」

言われてみれば確かに、ブッチは結構ゴロゴロしてることが多いかも。

まあ、猫だから当然と言えば当然なんだけどね。

——猫扱いすると怒るから、ブッチには絶対言わないよ。

「しかも、だ。普通、召喚士ってのは召喚獣を従えるもんだが、俺からすりゃあ、お前さんら二人の関係はその真逆にしか見えねぇんだよなあ」

ジェイセンさんが首を傾げると、ブッチがフン、と鼻を鳴らす。

「おうとも。こいつは、俺様の子分みたいなもんだ」

「子分というか、師匠と弟子、みたいな関係かな」

僕とブッチの関係性は、普通の召喚士からすれば、少しおかしく見えるだろうね。

なんせ従う、もとい、教わるのは僕の方なんだから。

「だけどな、ジェイセンだっけか。このピーター・サンダースを甘く見ない方がいいぜ。魔法士になったなら、こいつは信じられねぇ量の魔力で、常識を変えかねないぞ」

「ほう？」

「ぶ、ブッチ！　それは……」

「小バカにされて、黙ってられるかよ」

ああ、これはブッチの悪い癖だ。

すぐかっとなって、今回は僕らの秘密をばらしちゃうんだもの。

「こいつのおかげで、俺様は魔法を使える。こいつがいなきゃ、俺様はただの超かわいいケットシーだ」

ブッチが僕の腰を叩く。

「何より、ブッチ様に認められた召喚士だ。そこらの三下と、一緒にすんじゃねえよ」

「なんといっても、ウィルマの自慢の主人ですから〜」

「ははは、なんで二人が自慢するのさ」

二人に持ち上げられてこそばゆい僕を、やっぱりジェイセンさんはじっと見つめる。

僕がサンダース家の人間だというのを気にしているのかな、と初めは思ったけども、なんだか別のところに注目してるみたいだ。

「……最低ランクの召喚獣に、逆さの上下関係。だが、実力は未知数ってところか」

「ジェイセンさん？」

「ああ、いや、ガキンチョ達のような関係性の召喚士を見るのは初めてでな」

ジェイセンさんは忘れてくれ、と言いたげに手を振った。

「だがまあ、いい関係には間違いねえな。どっちもストレスなく、互いに信頼し合ってるってのは、良好な関係の証だ。世の中には、ぎくしゃくしたり、問題を抱えたりって召喚士と召喚獣が、ごまんといるのによ」

「問題……？」

僕やウィルマが首を傾げると、ジェイセンさんが少し離れたところを指さす。

「例えば、あそこの召喚士を見てみな。ガキンチョと同じで、試験を受けに来た奴だろうよ」

視線の先にいるのは、小さな犬のような召喚獣を抱えた青年。

ジェイセンさんと似たような格好からして、彼の言うように、モルデカで開催される試験の話を聞いて、ここに来たに違いない。

「あの仔犬《こいぬ》のような召喚獣……確か、『ライカンスロープ』族、ですよね」

ライカンスロープというのは、狼と人間の中間のような外見の召喚獣だ。

素早さと強靭《きょうじん》さに優れ、人命救助に活用されることも多い。

「そうだ。ランクは中の中、決して悪いもんじゃねえ。問題なのは、あの種族そのものが抱える、難儀な変身能力だ」

「俺様は知ってるぜ。あいつら、丸いものを見ると大暴れしやがるんだ」

「お、大暴れ⁉」

会話に割って入ってきたブッチの言葉で、僕はぎょっとした。

「正確に言うと、丸い物体を注視してるうちに、自制心が消えて凶暴な怪物に変身する。破壊衝動を満たすまで止まらないバケモンだ……一度そうなっちまうと、召喚士見習い程度じゃあ、命令なんて聞かせられねえよ」

あの愛らしい仔犬が、怪物に変貌したなら。

もしも、僕があの召喚士見習いと同じ立場でも、どうにもできないかも。

「サンダース家のガキンチョ、お前さんはどうだ？　ブッチの手綱を、ちゃんと握ってるのか？」

ジェイセンさんはきっと、僕のそんな弱さを見抜いたんだと思う。

ブッチを従わせられるのかと、気にかけてくれたのかもしれない。

だけど、僕にブッチを従属させられるわけがない。

「――手綱なんかありません。僕とブッチにあるのは、友情のつながりです」

だって、ブッチは僕の親友だ。

親友を、僕を信じてくれたケットシーを、どうして従わせられるんだ。

「……！」

「ピーター……」

しばらくの間、沈黙が続いた。

「……はっはっは、こりゃあ参った！　伊達《だて》にサンダース家の末っ子じゃねえってか！」

それを破ったのは、質問した当事者である、ジェイセンさんだ。

「いや、意地悪な質問をして悪かったな。俺はな、こうやって初めて試験を受ける奴を試すのが好きなんだ。さっきの質問に答えられない輩《やから》も、山ほどいたぜ」

肩をバンバンと叩くジェイセンさんは、なんだか親戚のお兄さんみたいな雰囲気がある。

おじさん……というには若いし、きっとむくれちゃうね。

「もっとも、お前らなら心配はなさそうだな。眉唾もんだが魔法士級の魔力を持つピーターと、魔法を使えるブッチ。粗削りだが、なかなか、いいコンビだ」

「えへへ……」

ブッチを見て笑う僕に、ジェイセンさんが手をぽん、と叩いて言った。

「せっかくだし、ブッチとやら、俺に魔法を見せてくれねえか？」

うーん、それはちょっぴり難しいお願いかも。

何かと魔法を自慢したがるブッチでも、人にお願いされると、あまのじゃくだから急に魔法を使うのを出し渋るんだ。

「バカ言うな。魔法ってのは、魔法士なら生命線であり秘密の力だ。必要とされてねえなら、おいそれと見せるもんじゃねえんだよ」

「そこをなんとか！　あんたほどハンサムな猫なら、それくらい大丈夫だろ？」

「まあ、ハンサムと言われりゃあ仕方ねえな！」

前言撤回。

ブッチはちょろい——心配になるほど、ちょろかった。

「ブッチ様はちょろ過ぎでございますね～」

「あんまり強い魔法を使っちゃダメだよ、ブッチ」

「わかってるっての！　ちょっくらあそこの石を浮かせて、指に火を灯すだけだ」

あんまり派手な魔法じゃないなら、まあ、少しくらいなら。

「さあ、よ～く見てろよ！　ピーター、尻尾を掴んでくれ！」

「はいはい、しょうがないなあ……ん？」

そう思いながらブッチの尻尾を握る僕に、ふと、広場の端の方から声が聞こえてきた。

「うわっ、と、おっとっと……！」

いや、声だけじゃない。

視線の先に、山盛りの洗濯物をかごに入れて歩くおじさんがいる。

問題なのは、明らかに小石につまずいて、今にもすっ転んじゃいそうなところだ。

「危ないっ！」

咄嗟《とっさ》に、僕は尻尾を強く握って、ブッチをおじさんの方に向けた。

「にゃぎゃぎゃぎゃ⁉　何しやがる、テメェ！」

「ブッチ、風魔法だ！」

「はぁ⁉　お前、何言って……仕方ねぇな！」

おじさんのピンチを瞬時に理解してくれたブッチも、手を前にかざしてくれる。

「風属性・猫魔法『ゴッド・ブレス・ユー』！」

そして彼が呪文を叫ぶと、ぷにぷにの肉球から、渦を巻いた緑色の風が吹き荒れて、転びそうになったおじさんを支えた。

強い勢いを保った風が、クッション代わりになったんだ。

「うおおおっ⁉　洗濯物が、空を飛んだぁ⁉」

代わりに、風圧に負けた洗濯物が宙を舞うけど、そこは想定の範囲内。

「ウィルマ、お願い！」

「お任せください～」

藍色の髪をなびかせたウィルマが、びゅんと駆け抜け、ジャンプして洗濯物を掴む。

「よっ！　ほっ！　はっ！　とうっ！」

右、左、前に後ろ、三百六十度。

シャツ、ズボン、タオルにパンツにその他諸々。

ウィルマはどの方角に飛んでいる洗濯物も、どんな大きさも見逃さずにキャッチする。

そして彼女が着地した頃には、その手にすべての洗濯物が抱えられていた。

「……じゃじゃーん、でございます～」

「「おおーっ！」」

ばっ、と洗濯物と両腕を掲げたウィルマに、周囲の人々は拍手する。

胸を撫で下ろす僕には、拍手じゃなくブッチのローキックが命中した。

「やいやい、ピーター！　俺様を魔法の杖《つえ》みたいに使ってんじゃねえよ！」

尻尾をさするブッチはとても不機嫌な顔をしてるけど、ローキックの威力が大したことないのは、そこまで真面目に怒ってない証拠だ。

「でも、そのおかげで、あのおじさんは転ばずに済んだでしょ？」

「そりゃあそうだが……お前、近頃俺様への敬意が足りてなくねえか？　俺様は八百年を生きるケットシー族最強の猫、ブッチ様だぞ――」

指をさしてガミガミと説教するブッチの話は、長く続かなかった。

「――もしかして、そこのちびっ子が助けてくれたのかい⁉」

なぜなら、洗濯物を落としかけたおじさんが、僕のところに来たからだ。

「いやあ、助かったよ！　もしも落ちてたら、もう一度洗わなきゃいけなかったからね！」

ううん、おじさんだけじゃない。

広場にいた若者、老人、魔法士、様々な人が、僕をぐるりと取り囲んだんだ。

「今のは魔法かな？　僕も魔法士だけど、あんなのは初めて見たよ」

「よく見りゃ、サンダース家の子供じゃないか！」

「召喚士の名門の末っ子か、だったらあれだけすごい力が使えるのも納得だな！」

まさかこんなに多くの人の視線を浴びるとは思ってなくて、思わず委縮しちゃう。

「え、ええと、僕は……」

「ほほーう！　俺様の魔法を褒めるとは、見る目があるじゃねえか！」

一方でブッチは、やっぱり目立つのが大好きみたい。

わざわざ僕の頭の上に立って、これ見よがしに大仰な態度を取るくらいだもの。

「聞いて驚け、見てもっぺん驚け！　俺様はドラゴンやフェンリル、ヘカトンケイルすら平伏す最強の召喚獣、ケットシーのブッチ様だ！　さあ、思う存分崇めてもいいぜ！」

後ろに花火が見えそうなほど得意げに語るブッチ。

でも、周りのリアクションはちょっぴり冷ややかだ。

「……本当に？」

「ただのちっこいケットシーじゃねえか」

「ケットシーって確か、ランクも最低クラスだろ？」

「さっきの力がすごかったのは、あそこのサンダース家の坊ちゃんのおかげじゃないの？」

「んなわけあるかーっ！　最強なのは俺様で、あいつはただのおまけだっつーの！」

一転して牙を剥くブッチを見ても、皆は驚かないし、むしろ首を傾げるばかり。

「まさか、信じられないわねえ」

主婦らしい女性がぷっと笑うと、ブッチの額の血管が切れたように見えた。

「ピーター！　尻尾を握れ、魔法を見せてやるぞ！」

ああ、やっぱりこうなるよね。

ブッチの短気ぶりを考えたら、保った方かもしれない。

「ええっ⁉　そんな理由で魔法なんて……」

「いいからやるぞ！　俺様とお前の力を、このモルデカに轟かせてやれ！」

こうなったら、ブッチをなだめるより、ちょっと魔法を使った方がいいかも。

ここまで来れば、相棒というよりも、わがままな赤ちゃんのお世話をしてるみたいだ——僕よりずっと長生きで、ずっと強い赤ちゃんの。

「もう、しょうがないなあ……えいっ」

「おおーっ、強烈なパワーが湧いてきたぜ！　お前ら、よーく見てろよ！」

両手に青いエネルギー波を纏わせたブッチが、肉球を空にかざした。

「水属性・猫魔法！　『ウォータリィ・シャワー』っ！」

すると、彼の爪の先から水が溢れ出て、噴水のように放たれた。

周囲からしてみれば、魔法士の上級魔法に見えるかもしれないけど、ブッチの力で言うならばほとんど初歩も初歩だ。

「「うおおーっ⁉」」

なのに、虹までかかるほどの勢いに、皆は目を丸くして驚くばかり。

そのさまが、ブッチからしてみればたまらなく楽しいみたい。

「わーっはっはっは！　どうだ見たか、ブッチ様のスーパーパワーを！」

「今日はいつもより、多めに出ています～」

隣で手を叩くウィルマの反応も相まって、ブッチの気分はたちまち有頂天だ。

うーん、なんだか変なことを言い出さなきゃいいけど。

「ブッチ様のすごさがわかっただろ？　俺様にできねえことはなんにもねえ、俺様とピーターが一緒なら、何だってできちまうんだぜ！」

――ありゃ、言っちゃった。

「……何でも？」

「……できるって？」

皆の目つきが、急にぎらついたものに変わった。

あまりの変化に、ブッチも水を出すのをやめて、僕から降りて後ろに回り込む。

「お、おっと？　お前ら、顔が近いぞ？」

「ブッチ、口は災いの元だよ」

だって、ブッチは言っちゃったんだもの。

何だってできる――お願いすれば、何でもしてあげられる、ってね。

そう説明してあげようとするよりも早く、広場にいた皆が、一斉に押し寄せてきた。

「だったら魚をまとめて捕まえるとか、できないか⁉」

「料理をたくさん作らないといけないのよ、手を貸してちょうだい！」

「あたしの愛しい猫ちゃんが逃げちゃったざます！　探し出してほしいざます〜っ！」

信じられない量のおねだり、お願い、希望が僕らにぶつけられる。

思っていたよりもずっと簡単な願い事ばかりで、僕は内心ほっとしたけど、ブッチは信じられないほど面倒くさそうな顔をしてる。

何でもできるって言ったのは、君なのにね。

「ぎゃははは！　どうやら猫ちゃん、口を滑らせちまったらしいな！」

うろたえるブッチのそばでは、ウィルマがくすくす、ジェイセンさんがゲラゲラ。

僕だって、彼がしどろもどろになってるのを見ると、くすりと笑いそうになる。

小バカにするというよりは、ブッチの慌てるさまが、ちょっぴりかわいく見えたからね。

「待て待て待て！　いきなりお願いするんじゃねえよ、怖えだろうが！」

「何でもできるって言ったなら、これはもう、頼みを聞いていくしかないね。一つひとつ、僕と一緒にこなすほかないよ、ブッチ」

「お前はそれでいいのかよ、ピーター？」

「僕としては、むしろ歓迎だよ。モルデカの町にはお世話になるし、やれることがあるなら、何でもやってあげたいしね」

そう、僕は実のところ、お願い事をされて困ってるわけじゃない。

もしも面倒だと思うような人間だったら、宿のドアなんて修理してないよ。

「ったく、お人好し野郎が……しょーがねえ！」

で、表向きは意地っ張りで厭世的なブッチも僕と似たところがある。

実は人情派で、困ってる人を放っておけないんだ。

「いいか、俺様はただじゃあ何もやってやらねえぞ！　お礼として最低でも魚一匹、魔法をめちゃくちゃに使わせたらデカい魚を持ってきやがれ、いいな！」

「「は〜い！」」

皆のかるーい返事を聞いて、ブッチは深いため息をついた。

「ケッ、俺様の口から出た言葉とはいえ、たまったもんじゃねえな」

「そうかな？　ブッチ、楽しそうな顔をしてるよ？　ねえ、ウィルマ、ジェイセンさん？」

僕が振り返ると、ウィルマもジェイセンさんも、大袈裟に頷く。

「はい～、ブッチ様、口の端が上がっておりますよ～」

「こりゃあれだな、噂に聞くツンデレってやつだな！」

「なっ……んなわけねえだろうが！　つまんねえこと言ってると、魔法でぶっ飛ばすぞ！」

とにもかくにも、僕らのモルデカ滞在は、少し面白い方向に動き出した。

町の皆の頼み事を聞いて、魔法を披露する。

きっと、魔法の修行の一環になるだろうし、モルデカの皆と仲良くなるきっかけにだってなるはずだよ。

それに、まだ詳細も知らない試験の話だって、聞けるかも。

ちょっとだけ町で過ごす日々にワクワクした時、ブッチがふと、僕のそばでつぶやいた。

「はぁ、本当に……オルドリードの大バカ野郎にそっくりだぜ、ピーターはよ」

はっきりとは聞き取れなかった、風にかき消されるような声。

いつものブッチとは少し違う、懐かしむような声。

「ん？　ブッチ、何か言った？」

「なんでもねえよ。ほら、人助けでも何でも、さっさとやるぞ！」

僕が聞き返すと、ブッチはそっぽを向いて、とてとてと歩いていった。

いつかまた、もっと仲良くなったら聞いてみようと、僕は思った。

◇◇◇◇◇◇◇◇◇◇

その間、僕もブッチもウィルマも、ついでにジェイセンさんも、町の困り事の解決に東奔西走しっぱなしだった。

僕らがモルデカに来て、早くも三日が経《た》った。

「——よーし！　弁当の配達、これにて完了だ！」

今さっきも、町中にお弁当を配達するレストランのお手伝いをしてたところ。

一人だとずっと時間がかかる仕事も、皆ならあっという間に終わった。

ジェイセンさんはというと、何軒か配り終えてから、ベンチで昼寝してたけど。

ついでにウィルマのヘッドロックで起こされて、危うく昼寝が永眠になりかけてた。

「お疲れ様、ブッチ、ウィルマ」

広場のベンチに腰掛ける二人に、僕は露店で買ってきたフルーツジュースを渡す。

「ジェイセンさんも、付き合ってくれてありがとうございます」

「どういたしまして、だぜ」

「おいおい！　ほとんど、俺様の分身が仕事をしただけじゃねえか」

ひらひらとジェイセンさんが手を振ると、ブッチは尻尾を立てて怒鳴った。

彼の後ろにずらりと並んでるのは、魔法で生み出されたブッチの分身。

十以上はいる分身のおかげで、配達はずっと捗《はかど》ったよ。

「おい、分身ども！　いつまでダラダラしてんだ、俺様のとこに戻ってこい！」

「うっせーな」

「もうちょっと自由にさせろっつーの」

もちろん性格も一緒なので、ブッチの命令にも素直には従わない。

「つべこべ言ってんじゃねえ！　さっさとしねーと、二度と呼び出してやらねーぞ！」

「はいよー」

「へーい」

本人が指示しても、ダラダラと動きつつ、やっとブッチの目の前に集まった。

そして彼は手をポン、と叩いて分身を消し去ってしまった。

「たまげたな、ピーター。まさか頼まれ事を全部こなしちまうなんてな」

僕とブッチを交互に見て、フルーツジュースを飲みながら、ジェイセンさんが言った。

「あはは、昔からこうなんです。ブッチからよく、お人好しが過ぎるだなんて怒られてます」

「誰にでもできることじゃねえさ。ピーター、誇っていいんだぜ」

「ブッチの魔法にも驚かされたな。分身魔法なんて、魔法士なら習得までに十年はかかるってのに、あっさり使いこなすんだからよ」

「当たり前だろ、俺様はブッチ様だぞ？」

褒められたブッチが気を良くして、鼻を鳴らし、腕を組んでいばる。

「分身猫魔法『キャッツ・ザ・ミュージカル』はな、ただの分身じゃねえ。命令しなくても自分の意志で動けるし、そいつ自身も魔法を使える優れモンだ。並の魔法士じゃあ、一生かかっても会得できねえな」

言われてみれば、ブッチが魔法を使っているのを遠目に見ていた魔法士らしい人が、随分とびっくりしていたような気がする。

てっきり魔法を使うことそのものに驚いていたのかと思ってたけど、あれは魔法の習得難易度に驚いてたんだね。

……まあ、屋敷の部屋を吹っ飛ばす魔法が使えるんだから、これくらいはできるか、うん。

「それ以外にも～、ブッチ様はたくさんの魔法を披露されましたね～」

「でもよ、全部、ピーターから魔力をもらわないと使えねえんだろ？」

ジェイセンさんに痛いところを突かれても、ブッチは怒らず、爪で顎をさすって言った。

「認めたくねえが、お前の言う通りだ。実際、状況を把握して、適切な魔法を俺様に発動させるのは、こいつのずば抜けた才能だな」

ブッチにこうやって褒められるのは、なんだか悪い気はしないな。

しないけど、恥ずかしい気持ちも同じくらい膨らんでくる。

「さ、才能なんて……」

「何言ってんだ。問題解決のアイデアを出したのは、全部お前じゃねえか！」

がははと笑いながら、僕の肩をバンバンと叩くブッチ。

そんなつもりはちっともないけど――実際、人助けは驚くほど上手くいったんだ。

――例えば、迷子になった飼い猫探し。

『あらぁ～っ！　うちのマーティーちゃんが帰ってきたざます～！』

セレブのおばさまの愛猫がいなくなって半日は経ったのに、僕とブッチが魔法を使うと、三十分もしないうちに猫は帰ってきた。

三毛猫のマーティーちゃんが喜ぶものは、ケットシーのブッチも知ってた。

猫なら誰だってメロメロになるのは、魔法で召喚した『マタタビ』だ。

異世界から不思議な植物を呼び出せるブッチの魔法で地面から生やしたマタタビにつられて、脱走した猫はたちまち僕らのところに寄ってきたんだ。

『ブッチの召喚魔法は、猫だけじゃなくて、植物も呼び出せるからね。匂いの強いアストラル界のマタタビを召喚すれば、猫が集まって……ん？』

『はにゃーん……ごろにゃーん……』

『あちゃあ、ブッチもやられちゃってるや』

むしろ、マタタビに夢中になったブッチの目を覚ますのに時間がかかったかも。

時間がかかったといえば、孤児院の洗濯物を干すのを手伝った時もだね。

『わー、すごーい！　木の枝がすっごく伸びてるよー！』

子供達が目を輝かせて夢中になってるのは、ブッチが魔法で伸ばした太い木の枝。

たくさんいる孤児の服をひっかけていくと、たちまち自然の物干しざおの完成だ。

『こうすりゃあ、いつもよりずっと服が干せるだろうが……オイこら、ひげを引っ張るな！』

ただ、皆が夢中になってるのは、どっちかっていうとブッチの魔法よりもブッチ自身――正確に言うなら、ブッチのひげや尻尾、耳だ。

『猫さん、かわいいね！』

『あっちで遊びましょ、おままごとしましょ！』

『耳を触るな、尻尾を掴むな！　俺様は人形じゃねえんだぞ！』

魔法を使い終えたブッチに、僕とウィルマは手を振って笑う。

人助けをやるというなら、子供達と一緒に遊んであげるのも立派な人助けだもの。

特におままごとの恋人役なら、僕やウィルマよりも、背丈の近いブッチの方が似合ってるはずだよ――なんて言えば、顔を引っかかれちゃうかもしれないけど。

『ピーターもウィルマも笑ってねえで助けろっつーの！』

こうしてブッチは、日が暮れるまでた〜っぷり、孤児院で追いかけっこやおままごと、人形遊びに付き合ってあげた。

なんだかんだちゃんと付き合ってあげるのは、ブッチが優しい証拠だね。

だけど、必要な時には僕と同じようになすべきことをなすのが、ブッチの長所だ。

特に乱暴事になるなら、彼以上に頼りがいのあるパートナーはいない。

『へいへいへーい！　ジジイにババア、言われた通りに金を用意したんだろうなあ⁉』

『家賃が払えねえなら、ぶん殴って出て行かせてやるぜ、メーン！』

とある老夫婦の家にやってきたのは、強面《こわもて》の男達。

聞くところによると、難癖をつけて家賃を釣り上げて、抵抗する力のない人達からお金を巻き上げていくので有名らしい。

おまけに自警団や自分より強い人がいるところでは大人しくしてて、被害者は怯えて証言もできないから、捕まることもない。

だから、この老夫婦もびくびくするばかりだった。

『いえ、出て行くのはあなた達です』

僕とブッチ、ウィルマが話を聞くまでは、ね。

あらかじめ彼らが来るのを待ち伏せしていた僕らは、男の前に立ちはだかった。

『大人しく引き下がらねえなら、命の保証はしねえぜ。主にコイツがな』

『あ～ん？　何言ってんだクソガキ？』

『ボコボコにされたくねえなら、あっち行ってな、メーン！』

がっしりした体格の男達なら、僕らを怖がるわけがない。

だから僕を突き飛ばして面倒事を解決するに決まってると思っていたし、事実、彼らは野蛮な手段を選んだ。

だったら、こっちも正当防衛でお仕置きするしかないね。

『おっと、ピーターに手を出しやがった』

『ギルティですね～』

僕がブッチの尻尾を握ると、彼の両手から茶色の魔力が迸《ほとばし》る。

『土属性・猫魔法『アッパーカット・ノックアウト』！』

『どぎゃあああああ⁉』

そしてブッチが床を叩き、発生させた岩の塊で、男の顎を撃ち抜いた。

空中を二回転して顔面を床に打ち付けた彼は、しばらく起き上がらないはず。

『な、何しやがるこのアマ……痛ででで！』

まあ、その方がある意味、ずっと気楽だよ。

ウィルマを相手にした男はご愁傷様。

振り上げた拳が受け止められて、みしみしと音を立てる恐怖を味わうよりは、一撃で気絶しているのがましだろうね。

最初は彼女をぶっ飛ばしてやろうって意気込んでた男が、自分の拳を止められた恐怖で、次第に顔色を変えてゆく。

まさか、とウィルマの強さに気づいた時には、もう手遅れ。

『このウィルマ、容赦しませんよ～』

あ、ウィルマがお腹を思い切り殴った。

『メエエエーン……』

あ、男がドアを突き破って明後日《あさって》の方向に吹っ飛んでった。

多分生きてると思う……きっと、恐らく、メイビー。

『相変わらず、とんでもねえ怪力だな。あの悪ガキ、通りの向こうまでぶっ飛んだぞ』

『ピーター様の手前、ちょ～っとだけ、手加減したんですが～』

てへぺろ、と笑うウィルマや僕らを見て、老夫婦は驚いた表情のまま、深々と頭を下げた。

『『いやあ、ありがたや、ありがたや……』』

『お、おじいちゃん、おばあちゃん！　頭なんて下げないでください！』

結局お礼だと言って、お手製のクッキーと紅茶までもらっちゃった。

茶葉を練り込んだクッキーも、ミルクティーも、とても美味しかった。

――と、ここまではモルデカの町の中での騒動で、人間相手だから難しくはない。

問題は町から少し離れた場所でのトラブル——『魔物』を相手にした問題だ。

『ガウ、ギュルル！』

『ギャイーッ！』

モルデカからちょっぴり歩いた先にある畑で、僕らが対峙《たいじ》していたのは、緑色の肌に出っ張ったお腹、小柄な体躯の魔物、ゴブリンだ。

言っておくと、召喚獣と魔物の間には大きな違いがある。

まず、魔物は人語を理解しない。

そして召喚獣がアストラル界に住まう一方で、魔物はこの世界の生き物が純粋に進化した存在であり、認識は馬や牛、鳥や犬猫と変わらない。

違いをあげるとすれば、そのいずれもが凶暴で、人や獣を襲うところだ。

『畑にジジイ共が近寄れないって言ってたのも、頷けるな。この数の魔物が出てきたんじゃ、普通の連中じゃあひとたまりもないぜ』

僕らが頼まれたのは、朝方に突然現れたゴブリンの群れの退治。

畑の持ち主はたまらず逃げ出して、自警団に対処をお願いしたんだけど、どうやら諸事情で魔物ハンターが出払ってるらしい。

そこで、ブッチとウィルマを擁する僕に、退治を依頼してきたってわけ。

子供にお願いするような内容じゃなくても、召喚士見習いなら別だね。

『ウィルマ、遠慮しなくていいよ！　思い切りやっちゃって！』

『はぁ～い！』

僕がウィルマに指示すると、彼女はたちまちゴブリンに切りかかった。

いくら人間相手なら無双できるゴブリンでも、ウィルマを舐めてかかってたら、痛い目を見るよ。

『『ギャギャウ⁉』』

ほら、言わんこっちゃない。

油断しきって彼女を捕らえようとしたゴブリンが、何匹か吹き飛ばされた。

ウィルマの腕力は、暴れ牛を真正面から止めるほどなんだから。

『ピーター、ぼさっとしてないで、俺様達もさっさとやるぞ！』

『うん、わかった！』

もちろん、僕とブッチもゴブリン退治に協力する。

放たれた魔法への対処法を魔物達は知らないのか、ちょっとした水流や炎がぶつかっただけでも、ゴブリンはパニックに陥る。

『ゲヒー！』

『ギギー！』

たちまちゴブリンは、尻尾を巻いて逃げ出した。

ブッチ曰く「これだけ危険な相手がいると知れば、臆病者のゴブリンは寄ってこない」と言っていたから、当分は安全だね。

魔物のトラブルもこの一件だけだったのも、僕にはありがたかったよ。

――そんな人助けの日々を、僕達はモルデカで過ごしてきた。

――で、配達を午前中に終えて、今に至るってわけだね。

……え？

その間、話に出てないジェイセンさんは何をしてたかって？

「ふぃー、お手伝いのあとの一服はサイコーだぜ」

「おめーは何もしてねえけどな、ジェイセン」

ブッチが言うように、ついてきたけど特に何もせず、かな。

僕は「無理にお手伝いする必要はない」って言ったんだけど、なぜかジェイセンさんは「暇だから」と言ってついてきた。

おまけに僕やブッチの戦いぶりや魔法の発動を、じっと見てた気がする。

もともと興味があったみたいだし、よっぽど近くで観察したかったのかな？

「仕方ないだろ？　俺の召喚獣は人見知りで、地上にはほとんど出ないんだからよ」

ジェイセンさんはブッチの指摘に、肩をすくめて答えた。

「まだ三日ほどしか町にいないのに、おかげですっかり町に馴染めたじゃねえか。ピーター、いいことってのはするもんだな」

「馴染むためというより、僕がやりたくてやっただけです」

結果として何かと見返りがもらえたとはいえ、僕の目的はそこじゃない。

ただやりたいから、皆のためになりたいからって、単なるわがままさ。

「それに、町の人と仲良くなれたのは嬉しいですけど、変な注目も集めちゃってますし……」

道行く人からじろじろと見られるのは、完全に想定外だったけどね。

「おい、あれが噂の、サンダース家の三男坊か？」

「間違いないわよ。使い魔は最低ランク、本人も噂じゃあ召喚士の才能なんてないのに、とんでもない力を秘めてるって聞いたわ」

「なんでも、召喚獣に魔法を使わせるらしいよ」

「あの魔法、強力だぞ。魔法士だから、よくわかるぞ」

召喚士どころか魔法士まで、僕らをちらりと見て、ひそひそと話して去ってゆく。

中には僕のところまで来て、なぜか手を叩いて行く人までいる。

「ははは っ！　どいつもこいつも、このブッチ様を尊敬してるみてえだぜ！」

「いやいや、尊敬されてるのはブッチよりも、ピーターの方だろ。さっきから町の人にハイタッチされてるのも、ピーターばかりじゃねえか」

まだまだタッチしてくる人達を見つめて、ブッチは口を尖らせる。

「ぐぬ、それはだな……お、俺様の背に、誰も合わせてくれねえからだよ」

「ブッチ様は、小さくて愛らしいですからね～」

「ま、まあ、かわいくて最強な俺様に遠慮してるって可能性も、なきにしもあらずだな」

「そこまでは言ってませんが～」

ウィルマに慰められて、少しだけ調子を良くしたブッチをずい、と押しのけて、ジェイセンさんは僕をじっと見つめてきた。

「おまけによお、見たところ、ピーターの召喚士としての技能も確かに上がってるぞ」

「そうなんですか？」

うむ、とジェイセンさんが頷く。

「召喚士ってのは、ただ召喚獣に好き勝手にさせてりゃいいってもんじゃない。どれだけ強い召喚獣でも、てきとーに暴れさせてりゃ、周りにとっては魔物と大差ねえよ」

ラムダ兄様も昔、同じことを言ってた気がする。

あの頃も薄々意味を察してはいたけど、こうして召喚士を目指す立場になってからは、兄様の言葉の意味がずっしりと心に響いてきた。

もしも僕が、魔法の力で舞い上がって、ブッチにめちゃくちゃなことをさせてたなら、とても彼の友人なんて名乗れなかったはずだ。

ブッチに呆れられて、見放されるのもつらいけど、彼に手を汚させて誰かを傷つけてしまったなら、きっと二度と立ち直れなくなるし、人間失格だ。

これからもただの友達、じゃなく、召喚士としての責任を背負って力を使わないと。

「的確に指示を出して、なおかつ最良の結果を出すには、召喚士の技量が必須だ。そういう意味じゃあ、ピーター、お前の命令をブッチが聞いてる証拠さ」

「命令だなんて、そんなつもりじゃないですよ」

「わかってるって。お前さんとブッチの、つながりってやつだろ？」

ジェイセンさんがからからと笑うと、僕も笑顔で返した。

「……でも、ジェイセンさんに評価されるのは、なんだか嬉しいですね」

僕が何気なく口にしたのは、ジェイセンさんの謎というか、不思議なところ。

ぱっと見た感じなら、お酒を毎晩飲んでゴロゴロしてるだけで、召喚獣を見せてもくれない人なんだけど、どこかミステリアスなんだ。

まるで、僕らと少し違うところにいる、そんな雰囲気だよ。

「同じ召喚士見習いなのに、見るところが違うというか……ただ褒めるんじゃなくて、僕のどこを不安要素と思っているのかを教えてくれますから」

僕がそう言うと、ジェイセンさんはちょっぴり真顔になって、僕を覗き込んでくる。

揃えられた前髪の奥に見える目が、なんだかいつもと違うような気もする。

「……サンダース家の坊ちゃんよ。お前、ほんとに十歳そこらのガキか？」

ジェイセンさんに問いかけられて、僕はぎくりとした。

「も、もちろんですよ？」

「どうだかなぁ？　見た目は子供だが、中身はもっと大人びてるような気が――」

どうにかジェイセンさんを誤魔化そうと、僕が慌てた時だった。

「――見つけたわよ、サンダース！」

突然、広場にキンキンと甲高い声が響いた。

驚く僕らの前に飛び出し、仁王立ちして腕を組んでいるのは、見たことのない女の子。

しかも向こうは、僕とブッチを、親の仇《かたき》のように睨んでる。

「あたしはベアトリクス、ベアトリクス・ランカーバック！　この国で最も優れた召喚士の一族、隠し玉の秘蔵っ子にして至上の天才！」

周りの視線も構わず、彼女は僕を指さした。

「そのあたしが宣言するわ！　よーく聞きなさい！」

「は、はいっ⁉」

思わず背筋を伸ばした僕にぶつけられたのは、予想外の一言。

「ピーター・サンダース！　あんたに決闘を申し込むわ！」

いきなり決闘を宣言された僕も仲間達も、目を丸くするばかりだった。

第六章

「……え？」

あまりに唐突過ぎる展開に、僕はただぽかんとするばかり。

当事者の僕ですらこうなんだから、ブッチとウィルマ、ジェイセンさんなんかは、もう何が起きてるのかも理解できないみたい。

そりゃそうだよね、僕が同じ立場でもきっと同じ顔をしてるよ。

「おいおい、ピーター？　このやかましいガキ、お前の知り合いなのか？」

「ううん、初めて会うけど……ランカーバック家っていうのは、聞いたことがあるよ」

苗字だけを知ってる相手を前にして、僕は記憶を頭の底から引っ張り出す。

何度か兄上の視察について行った時に、名前は小耳に挟んだはず。

「ランカーバックっていやあ、国でもトップクラスの召喚士の名家だ」

うんうんと頭をひねる僕を見て、ジェイセンさんが言った。

ブッチもまた、そういえば、と手を叩く。

「俺様も聞き覚えがあるな。大召喚士のジジイの弟子に、そんな奴がいたはずだぜ」

「ま、試験だとか実戦だとかじゃあ、いつだってサンダース家や他の家に一歩及ばないことが多かったけどな。二番手、三番手に甘んじてるってのが、ランカーバック家さ」

「サンダース家の後塵を拝するのが、ランカーバック家ですわ～」

「ウィルマ、そんなこと言っちゃダメだよ」

メイドをたしなめながら、僕はなるほど、と心の中で納得した。

どうやらランカーバック家というのは、家族ぐるみでサンダース家を敵対視してるみたいで、ベアトリクスさんはその代表というわけだ。

こっちとしては、恨みを買うようなことをした覚えはないけれど。

「そこの庶民、無礼よ！」

でも、ベアトリクスさんからすれば、僕の事情なんて知ったこっちゃないのかも。

赤いサイドテールとそれを纏める大きなリボン、炎を模したイヤリングとペンダント、ちょっと贅沢な雰囲気のある上着とスカート、ロングブーツ。

大きくて赤い目は、眉と同じで吊り上がり気味で、総じて強気な印象がある。

いや、印象があるというより、強気そのものなんだけどさ。

「知名度でも本当の実力でも、ランカーバック家がサンダース家に負けるなんてありえないの！　世間が勝手に、そう思い込んでるだけで、正しい評価じゃないわ！」

「それを評価というのではないでしょうか～」

「無礼にもほどがあるわよっ！」

ウィルマのツッコミを受けて、ベアトリクスさんは一層強い声で怒鳴る。

「あたしは一族の悲願を背負って、最強の召喚士になるべく旅をしてるの！　そしたら、あのにっくきサンダース家の、才能ナシの三男坊がモルデカに来てるっていうじゃない！」

直球の悪口は、結構メンタルにくるなあ。

こっちは何かした覚えもない上に、ベアトリクスさんとは初対面なのに。

「打倒サンダース家の第一歩として、あんたはちょうどいい相手なのよ！　さあ、このベアトリクスの決闘を大人しく受けて、無様に敗北しなさい！」

びしっともう一度僕を指さして、やっと彼女の演説は終わった。

もちろん周囲のざわめきは終わってないし、視線は相変わらず集中したままだし、何より僕もブッチも、ウィルマもジェイセンさんも、ぽかんとしたままだ。

「……話が通じる相手じゃねえなあ……」

ブッチがげんなりした顔でつぶやく一方で、僕は妙な既視感を覚えてた。

「なんだか、ブッチに似てるかも？」

まあ、こう言うとブッチはウガーッと怒るとは思ってたけど。

「あぁ!?　このサイコーにプリティーでキュートな俺様と、あのちんちくりんと、どこが似てるってんだよ!?」

「うーん、そういうところかな？」

さらりと流すと、ブッチが口の奥でギリギリと歯を鳴らす。

何だか知らない間に、僕も結構強気な性格になったかな。

「言うようになったじゃねえか、ピーター……あのジジイと一緒で、いい性格してるぜ……」

あのジジイっていうのは、オルドリードのことかな。

僕と大召喚士って、もしかしたら接点が多いのかも……なんて。

「わかります～。ピーター様は、お優しい方ですよね～」

「こいつはこいつで、ぶれねえな……」

眼鏡の奥で目を光らせるウィルマに、ブッチが口を尖らせる。

「ちょっと、いつまでこのあたしを無視してるのよ！」

さて、こんなやり取りを見せられているベアトリクスさんのイライラは、どうやらすでに、限界に達そうとしてるみたいだ。

もう今にも僕に飛びかかりかねない形相でも、僕は喧嘩《けんか》を買うわけにはいかない。

「あ、ごめん。悪いけど、僕には君と決闘する理由はないよ」

「あたしにはあるのよ！　さらっと話を受け流そうったって、そうはいかないわ！」

もっとも、猛牛みたいに鼻息を吹き出す彼女に、会話が通じるかは怪しい。

もう今の時点でも、僕との話し合いに応じる気はなさそうだもの。

「とことん、あたしをおちょくって……どうやら、召喚士としての格の違いってのを、見せてやる必要がありそうね！」

「だから、僕は……」

「問答無用っ！　来なさい、召喚獣『フェニックス』！」

ベアトリクスさんは勢いよく手を掲げ、指を鳴らす。

すると、町の北の方から、何かが風を切って飛んできた。

自慢げに腕を組むベアトリクスさんの後ろに、翼をはためかせて舞い降りたその召喚獣を、僕は知ってる。

いや、前世で少しでもファンタジー知識があるなら、誰だって知ってるはずだ。

「……驚きました～……」

「おいおい、こりゃたまげたな！」

ブッチやウィルマすら驚くその生き物は、炎の翼と尾を持つ、巨大な鳥。

「フェニックス……本で読んだことはあるけれど、見たのは初めてだ……！」

――フェニックス。

召喚獣のほとんどは伝説や神話で存在した生き物で、どれもこれも珍しいのは確かだ。

でも、ここまでメジャーな召喚獣は、兄様のファフニール達以外じゃあ、どこでも見た記憶がないよ。

つまり、それくらい稀少で、なおかつ召喚士もかなりの腕前に違いない。

「どうやらこのチビ、潜在能力は高いみたいだな。アストラル界でも、フェニックスは召喚にほとんど応じないんだからよ」

「え、どうして？」

「気位が高いってわけじゃねえが、召喚する相手を自分で見定めるんだよ。つまり、あのベアトリクスとやら、召喚士としての才能は間違いないぜ」

「ふふーん、やっとあたしのすばらしさを理解できたみたいね」

フェニックスの高潔さを語るブッチを見下ろし、ベアトリクスさんが鼻を鳴らす。

「どう？　召喚獣として最高ランクを誇るフェニックスを従えるあたしと、たかだかケットシーしか呼び出せないあんたとの力の差を、実感できたかしら？」

ベアトリクスさんからすれば、フェニックスを召喚した者と、ケットシーを召喚した者では、埋めがたい実力の差があるという考えだ。

でも、僕はブッチの力が、常識では測れないというのを知ってる。

そして何より、フェニックスの様子の方が気になって仕方がない。

というのも、フェニックスはベアトリクスさんの考えに同調しているというよりも、さっきからずっと、妹をたしなめる姉みたいな目で、彼女を見てるんだ。

『……ベティ、また乱暴な言葉を使っているのね』

「ん？」

いいや、みたいな、じゃない。

フェニックスは間違いなく、ベアトリクスさんを制する立場だ。

その証拠に、透き通る声を聞いた彼女が、一瞬たじろいだんだ。

『それに今朝も、靴下と下着を部屋に放り出していたわ。朝食は好きなものばかり食べていたし、このままじゃ一人前の召喚士にはなれないわよ』

言葉遣いを叱り、だらしなさを指摘して、好き嫌いを注意する。

これじゃあ姉というよか、母親にだって思えてくるよ。

「い、一人前の召喚士と、あたしの私生活は関係ないでしょ！　余計なことを言わないでちょうだい、ノーナ！」

「ノーナ？　フェニックスの名前なのかい？」

ノーナと呼ばれたフェニックスは、主の後ろからずい、と出てきて、僕らにお辞儀した。

『初めまして。アストラル界より出でて、ランカーバック家に永く仕える召喚獣フェニックス……ノーナというのは一族代々の私の呼び名よ、よろしく』

「んだよ。主人と違って、えらく礼儀正しいじゃねえか」

『召喚士の名誉を、召喚獣が損なうなど、あってはいけないもの』

「さすが、伝説のフェニックスだけあるな。ほとんどの書物に、火の鳥は人格者だと記されるのも頷けるぜ」

うんうん、とノーナの態度に感心するブッチが、ちらりと意地悪な目つきでベアトリクスさんを見る。

「まあ、主人がバカだと意味ねえけどな！」

「むっきーっ！　言わせておけば、ケットシーのくせに！」

こんな見え見えの煽《あお》りにも、当然彼女は乗ってくる。

赤いサイドテールをぶんぶんと揺らすあたり、相当怒っているに違いない。

「ノーナ、これはあたしと、サンダース家の三男坊との決闘よ！　最低ランクのザコ召喚獣なんて、あんたの炎で丸焼きにしてやりなさい！」

彼女の方が怒りで火を吐きそう……って言うと、きっと蹴飛ばされかねないなあ。

『命令は聞きかねるわ、ベティ』

で、何となく予想はできてたけど、ノーナはベアトリクスさんの命令を聞かない。

「ちょっと⁉　召喚士の命令を聞かない召喚獣が、どこにいるのよ⁉」

『貴女のもとに召喚された日に、約束したわよね？　乱暴事に私の能力を使わず、世のため人のためにだけ用いると、言ったわね？』

「うっ、そ、それは……」

『おまけに、貴女は初対面のピーター君にも、とても高圧的な態度で接していたわ。相手の気持ちになって接しなさいと、何度も教えたはずよ？』

「う、ううー……」

真面目なお姉ちゃんに説教されて、わがままな妹がどんどん縮こまる。

『今朝、宿を出る時もそうだったわね。心配してくれる人に、強い言葉を……』

「も、もうやめてってば！　恥ずかしいじゃない！」

『お話をしている時に、割って入ってはいけないとも言ったわね』

「ひ、ひん……」

そんな様子を見ているうち、ブッチが腹を抱えて大笑いした。

「ぎゃははは！　これじゃあ母親に叱られるわがまま娘じゃねえか！」

「なんだか、ちょっぴりほほえましいですね～」

ウィルマですらくすくす笑ってしまうのも、仕方ないかも。

「わ、笑ってんじゃないわよ！　言っとくけど、あたしとノーナが本気を出したら、あんた達みたいな召喚士見習いなんて、あっという間に灰になるんだから！」

『人を見下した物言いは良くないわ。貴女だって、同じ見習いでしょう？』

すると、ノーナが気になることを言った。

僕はてっきり、ベアトリクスさんはすでに試験をパスして資格を手に入れてるんだと思い込んでいたけど、実際はそうじゃないみたい。

「え？　ベアトリクスさん、君も僕と同じ見習いなの？」

「ち、ちち、違うわよ！　あたしはもう、立派な召喚士……」

『ええ、そうよ。この子もつい最近親元から離れて、モルデカまで来たのよ』

汗をかいてうろたえるベアトリクスさんの嘘を、ノーナが修正する。

『見たところ貴方も試験を受けに来たようだし、ベティと仲良くしてくれると嬉しいわ』

ああ、やっぱり、ベアトリクスさんは僕と同じ見習いなんだね。

涙目になるくらい恥ずかしがらなくてもいいのに――そう思っていると、僕の隣から聞こえてきたブッチの笑い声が、いよいよ大きくなった。

「わははははは－っ！　あんだけ啖呵《たんか》切っといて、実は召喚士でもないへっぽこのチビなんざ、こりゃあ傑作だぜ－っ！」

「～～～～～っ！」

ブッチは笑い過ぎて泣いちゃった。

ベアトリクスさんは怒り過ぎて、頬を膨らませて涙目になっちゃった。

「こら、ブッチ！　ダメだよ、そんなこと言っちゃ！」

いくら僕の相棒でも、女の子を泣かせるのを放ってはおけないよ。

それに、召喚士見習いなんて、別におかしくないじゃないか。

「ベアトリクスさん、僕もまだ召喚士見習いだし、ここにいるジェイセンさんもそうだよ。誰だって始まりは同じなんだ、恥ずかしいことじゃないよ」

努めて優しくフォローしたつもりだったのに、ベアトリクスさんはうつむいてしまう。

「……う」

「う？」

「うるさぁ〜いっ！」

「わわっ⁉」

いや、ショックを受けたわけじゃない。

どうやら、僕らに対する怒りを、一瞬だけ溜め込んでたみたいだ。

「つべこべ言ってないで、さっさとあたしの決闘を受けなさい！　こうなりゃ召喚獣同士の戦いじゃなくても、取っ組み合いでも剣術でも、なんでもいいわよ！」

ノーナが呆れるのも構わずに、ベアトリクスさんは震え声で吼えてる。

ランカーバック家の才女というより、これじゃ手綱の離れた小型犬みたいだ——しかも人をよく噛むし、しつけもされてない。

確かに僕は犬が嫌いじゃないけど、噛まれるのは困りものだよ。

「ええ……？」

「あーあ、こりゃ筋金入りの意地っ張りだな」

おまけにここまでくると、僕らだけじゃなくて、周りの人のリアクションも変わってくる。

「さっきから騒いでるの、ランカーバック家の一人娘だよな？」

「モルデカで一緒に試験を受けるのかよ。ありゃあ、相当なライバルになりそうだぞ」

「でも、召喚獣は強そうなのに、本人はそうでもないわね」

どれだけベアトリクスさんが実力者だとしても、周囲の評価がこれじゃあ、絶対に執り行われる試験にも悪影響を及ぼすに違いない。

もしも町の皆の中に試験官がいれば、それこそ最悪じゃないか。

試験を受ける前に「失格だ」なんて言い渡されれば、ベアトリクスさんがかわいそうだよ。

「べ、ベアトリクスさん！　人も集まってきたし、そろそろ落ち着いた方が……」

「サンダース家のくせに、命令してんじゃないわよーっ！」

僕はちっとも話を聞いてくれない彼女に頭を抱える。

「困ったなあ、他の召喚士の人も集まってきたし、どうしよう……」

「どうするも何も、俺様は決闘を受けてやってもいいぜ？　世間知らずのガキンチョに、現実を教えてやるのも、大人の役割ってもんだしな」

「ブッチ、そんなところでやる気にならないでよ⁉」

しかもブッチは僕に協力してくれるどころか、すっかり決闘に乗り気なんだ。

「い、言ったわね！　あんたがやる気なら、あたしだってそうよ！」

「おうおう、わがままお嬢様がピーピー言ってやがるぜ～！」

「きーっ！　あんたこそ毛並みはボサボサだし、野良猫みたいなしけた顔してるし、よれよれの服着てみっともないカッコじゃないのよ！」

「な、なんだとォ⁉　毎日手入れしてる俺様の毛が、ボサボサだとォ⁉」

ブッチとベアトリクスさんが顔を近づけ、肉食獣のような目つきで睨み合う。

黒い毛と赤い髪を逆立てるさまは、それこそ召喚獣同士の戦いみたいだ——口に出そうものなら、二人からぶたれかねないし、言わないけど。

「あんたみたいな野良猫は、その辺で魚でも盗んで漁師にお尻でも叩かれてなさい！」

「おめーこそ、ピーターに負けて、べそかいて家でママに慰めてもらいな！」

「なによ⁉」

「なんだぁ⁉」

ガルルッ、と牙を滾《たぎ》らせる二人を、僕とノーナはいよいよ諦めて、見つめるばかり。

『……お互い、困ったちゃんが相棒だと大変ね』

「そこがブッチのいいところでも、あるんですけどね」

『同感。やっぱり、ベティと貴方は、いいお友達になれそうよ』

「僕もそうだと、嬉しいです」

僕とノーナが顔を見合わせて小さく笑うと、ジェイセンさんがとうとう割って入った。

「おーい、保護者連中。そろそろあの二人を引きはがさないと、召喚士同士の決闘より先に、取っ組み合いの喧嘩を始めちまいそうだぜ」

「必要なら、ウィルマが無理矢理止めますよ〜」

確かに、ずっと放っておくと、取っ組み合いの喧嘩を始めちゃいそうだ。

「ううん、召喚獣の面倒を見るのは、僕ら召喚士の務めだ」

『その逆もしかりよ。ベティ、いい加減落ち着きなさい』

僕らに引き離されて、ベアトリクスさんもブッチも不満気だ。

「で、でもぉ……」

「ピーター、ここはガツンと言ってやるべきだぜ！　こういう生意気な奴ってのはな、ちゃんとお灸を据《す》えてやる方が、ためになるってもんだ！」

「仮にそうだとしても、その役割は僕らじゃないよ。ですよね、ノーナさん？」

僕が問いかけると、ノーナは炎の翼を揺らしながら、微笑んでくれる。

『まるで大人みたいね、お坊ちゃん』

ノーナに褒められるのは、ちょっぴり他の人に褒められるのとは違う気持ちだな。

姉っぽく見える理由を何となく僕が察した、その時だった。

「……ん？」

不意に、皆のやり取りに呆れてたジェイセンさんの視線が、僕らから外れた。

「どうかしましたか、ジェイセンさん？」

「いや……あそこの仔犬、なんか様子がおかしくねえか？」

僕が声をかけると、彼は広場に集まった人々のうち、腕に召喚獣を抱えた、同じ召喚士見習いらしい青年を指さして首を傾げる。

「ほら、あれだよ。召喚士見習いの奴が抱えてる犬だ。本人も気づいちゃいないが、見ろ、なんだか小刻みに震えてるぜ」

「あァ？　知らねえよ、ウンコでもしたいんだろ」

ブッチにウィルマ、ベアトリクスさん達も視線を向ける。

「……いや、違う！」

すると、ジェイセンさんの声が急に鋭くなり、謎の理由に気づいた。

「あの召喚獣――噴水の『円』を見続けてるんだ！」

ふるふると震える仔犬らしい召喚獣が見つめてるのは、巨大な円形の噴水。

確か、丸いものを見つめていると凶暴化する召喚獣がいるって、ジェイセンさんが話していたような。

『ウルル……！』

僕がある結論に辿り着き、目を見開いた途端、仔犬の様子が急変した。

ざわざわと毛を一斉に逆立てたその召喚獣の目がぎらつき、牙が伸び、四肢が伸びる。

「ど、どうしたんだ、トム？」

そして主人の言葉など耳に入っていないかの如く、彼よりも巨大に変貌を遂げた召喚獣は、二足歩行の狼としか例えようのない体躯で空を見上げ、吼えた。

『――ウガアアアアアッ！』

「わ、わあああ⁉」

召喚士見習いが思わずしりもちをつくのと、周囲に悲鳴が伝播《でんぱ》するのはほぼ同時だった。

狼よりも血に飢えた見た目や、長く生え変わった牙、枯れ枝のように見えるけど明らかに筋肉質な手足――どれもこれも、ジェイセンさんから教えてもらった情報の通りだ。

「あれは『ライカンスロープ』ですね、ジェイセンさん！」

僕が導き出した結論を聞いて、彼が大きく頷いた。

「ああ、間違いねえ！　丸い物体を見続けていると、巨大化して凶暴になる狼……さっきの仔犬は、噴水の円を見てああなったんだよ！」

「そんな！　そうならないような処置があるはずじゃないんですか⁉」

「大方、召喚士の方は素人もいいところだな！　ライカンスロープの主人ってのは、暴走しないように魔法士に魔法をかけてもらうか、専用の眼鏡をかけさせるもんだ！」

「どう見ても、そんな対処をしてるようには見えないわね！」

ベアトリクスさんも思わず身構えるほど、危険な召喚獣。

そんなものが吼え猛《たけ》りながら、辺り構わず暴れ回っているのだから、町がパニックになるのも当然だ。

『ウアアアアッ！』

「きゃあぁ！」

「誰か、助けてくれ！」

人々が逃げまどい、喚き、押しのけあって転び、悲鳴が上がる。

そのうちライカンスロープが人を傷つければ、モルデカ中がパニックに陥るに違いない。

「大丈夫ですか⁉」

僕がライカンスロープの主らしい青年に駆け寄ると、彼は頭を抱えてうずくまっていた。

「ど、どうしよう、トムがあんな姿になるなんて！」

「今まで、一度も変身したことはなかったのですか？」

「ないよ！　だから魔法をかける必要もないと思って、試験を受けに来たんだ！　でも、ああなったら、俺はどうすればいいかわからないよ……！」

どうやらジェイセンさんの読みは当たっているようで、あの召喚獣を止める予防策も、対策も、この青年は知らないようだ。

今は責めている暇もないし、起きてしまったことは仕方ない。

「主人がこうなら、まずこいつには手に負えねえな。どうする、ピーター？」

僕はジェイセンさんに向き直り、ブッチの頭に手を乗せて言った。

「決まってます！　ブッチ、ライカンスロープを止めるよ！」

「言うと思ったぜ、ピーター！」

ブッチもすっかりやる気で、ぱん、と勢いよく手を叩く。

「ベアトリクスさんはノーナと、ここで待っていてください。僕とブッチで、ライカンスロープが町を壊す前に、元の姿に戻してきます」

「だったら、あたしも行くわ！」

僕の提案を拒み、ベアトリクスさんも胸に手を当て、びしっと言い放った。

「サンダース家の奴にばっかり、カッコいい真似はさせないわよ！　ベアトリクス・ランカーバックがあんたよりも優れてるってところを、実戦で証明してあげる！」

「いいのか、フェニックス？」

『こういう時、一度言い出したら、ベティは止まらないわ』

動機はともかく、エリート召喚士のたまごと強力な召喚獣のヘルプはありがたい。

「ピーター様～、ウィルマもついて行きますね～」

ウィルマもついてきてくれるなんて、なおありがたいよ。

「ありがとう、ウィルマ！　ジェイセンさんは……」

「俺はここで、こいつのメンタルケアだ。自分の召喚獣があぁなっちまったのを見れば、見習いだと大分心にクるからな」

青年の肩を叩きながら、ジェイセンさんが言った。

「ついでに、自警団か騎士連中も呼んでおく。召喚獣相手にどこまでやれるかは知らねえが、増援がいないよか、ちょっとはましだろ」

直接追いかける以外の手段を思いついて、精神的な補助もしてくれる。

やっぱりジェイセンさんは、ただの召喚士見習いとは違うところがある気がするな。

「……わかりました。そちらの方は、ジェイセンさんにお任せします！」

ただ、今は疑問をぶつけるより、ライカンスロープを追うのを優先しなくちゃ。

「おうよ！　お前らも、無茶すんじゃねえぞ！」

「もちろんです！　行こう、ブッチ、ベアトリクスさん！」

「よっしゃあ！」

「気安く名前を呼ぶんじゃないわよ！」

僕らが広場を飛び出したのとほぼ同じタイミングで、ライカンスロープも動いた。

『ガル、ガル、ガルオオオ！』

こっちがただ走って追いかけている間に、あっちは露店を叩き潰し、人に吼え、家屋を蹴り砕く大惨害をまき散らしてゆく。

「ぎゃあああああ!?」

「逃げろ、逃げろおおお！」

ジェイセンさんが呼んでくれたらしい自警団や騎士も、正面に立つ前に逃げてしまう。

並の狼より百倍は凶暴な召喚獣が暴走してるんだから、無理もないか。

「それで、サンダース！　あんた、ライカンスロープを止めるって言ってたけど、作戦はあるのかしら！」

「ジェイセンさんに教わったけど、ライカンスロープは目を閉じてしばらくすれば、暴走も自然に収まるんだ！　あとはモルデカにいる魔法士に相談して、目に魔法をかけてもらう！」

「……ふ、ふん！　あたしの作戦とまったく同じね！　褒めてあげなくもないわ！」

本当かどうか、走ってる間は聞かないでおこう。

僕がちょっとだけ意地の悪い笑顔を見せると、ライカンスロープが跳び上がった。

『ワオオォォーンッ！』

たったひと跳びで、ライカンスロープは二階建ての家の屋根に上ってしまう。

フィールドワークに自信があるといっても、あれには敵いそうもない。

「ちょっと、あいつ、身軽にもほどがあるわよ！」

「僕らだって負けてないさ！　ブッチ！」

もっとも、それは魔法を使わなきゃ、の話だけどね。

「猫魔法『ボヨンバウンド』！」

尻尾を握られたブッチの魔法で、目の前に巨大な肉球型のエネルギーが生まれる。

そこに思い切り飛び乗ると、僕とブッチの体が宙を舞った。

「魔力で作った肉球のトランポリンだ、ライカンスロープよりずっと自由に跳べるぜ！」

ライカンスロープよりも高くジャンプした僕らは、そのまま赤い木の屋根に着地して、走り去る召喚獣を追いかける。

「すごいですね～。ウィルマは地上から追いかけます～」

「ウソ……あいつ、召喚獣に魔法を使わせたの……？」

『さしずめ、召喚士と魔法士のいいとこどりと言ったところかしら』

三者三様の驚嘆の声が聞こえる中、ウィルマが走り抜け、ベアトリクスさんが足を止めた。

「チッ、こっちも負けてらんないわよ！　ノーナ！」

『ええ、私達も空から追うとしましょう』

彼女はノーナの背中に乗ると、僕らよりずっと高く飛んだ。

翼を完全に広げれば、飛び散る炎——人間には無害な炎も相まって、フェニックスはまるで自家用ジェットのような大きさに錯覚してしまう。

すごいな、ベアトリクスさんが天才なのは間違いないよ。

「さすがはフェニックスってところだ。他の召喚獣、サンダーバードやセイレーンでも、あそこまで華麗に飛ぶやつは、そうそういねえだろうよ」

「ベアトリクスさんの実力は、やっぱり確かなんだね」

「いやいや、ありゃフェニックスの力だ。主人の方は、大したことねえぜ」

「きぃぃーっ！　全部聞こえてるわよ、アホ猫！」

キンキンと甲高い声で僕らに怒鳴ってすぐ、ベアトリクスさんがノーナに言った。

「ノーナ、ライカンスロープを牽制しなさい！」

『わかったわ。『不死の炎槍』！』

すると、ノーナの翼から千切れた炎の塊が槍になって、ライカンスロープ目がけて発射された。

咄嗟に狼モドキが避けたところを見ると、どうやらフェニックスの炎というのは、燃やす対象を自由に決められるらしい。

「すごい、フェニックスの炎が形を変えて……！」

離れているのに熱さを感じるほどの炎が消えると、ライカンスロープはまた走る。

『ウウ、ガアルル！』

何度も炎の槍がノーナから発射されるけど、ライカンスロープはギリギリでかわす。

幸い、炎はすぐに消えるから延焼はしない。

でも、ベアトリクスさんのイライラの炎はすぐに燃え盛りそうだ。

「ちょこまかと逃げてるんじゃないわよ！　ノーナ、もっと出力を高めなさい！　あのごわごわの毛玉がちょっとくらい、焦げたって構いやしないわ！」

「それはダメだ、ベアトリクスさん！　召喚獣が死ぬかもしれない！」

「ハァ⁉　だったら、モルデカがこれ以上ぶっ壊されてもいいわけ⁉」

僕とベアトリクスさんが言い合っていると、ライカンスロープが逃げるのをやめた。

『ウグルアアアア！』

ひとまず敵を倒す方に考えを変えたのか、狙ったのはベアトリクスさん達の方だ。

「二人とも、危ない！」

信じられない跳躍力でジャンプしたライカンスロープが、ノーナの翼に噛みつく。

ライカンスロープは狼の化身とも言われる召喚獣で、そんなのに噛みつかれれば、普通なら肉が削げて、骨まで見えてもおかしくない。

「ノーナさん！」

『心配無用よ。フェニックスの名は、伊達じゃないわ』

ところが、ライカンスロープを振り払ったノーナの炎の翼は、たちまち元通りになった。

ダメージを受けたのは、むしろ噛みついたせいで口元が軽く焦げたライカンスロープの方で、こうなると予期してたのか、ベアトリクスさんはまるで心配してない。

「すごい……噛みつかれたところが、一瞬で再生した……！」

「フェニックス族を傷つけるには、百回同じところを攻撃しろってことわざがあるくらいだ。あいつを倒すのは、ライカンスロープを止めるより骨が折れるぜ」

そういうことなら、遠慮なくライカンスロープを追いかけられる。

大通りを疾走するウィルマも、すでに戦闘意欲マシマシだ。

「ピーター様～、ウィルマも仕掛けますね～」

ぼきり、と骨を鳴らす彼女の顔は、不思議なくらい明るい笑顔に満ちている。

薄々勘付いてはいたけど、ウィルマって人はメイドよりも、明らかにグラディエーターや戦士、騎士に向いてるはずだ。

どうしてメイドの職に就いてるのか、今度聞いてみようか。

「手加減してあげてね、ウィルマ！」

「死なない程度にダメージを与えてやりゃあいいんだろ！　できるだけ気絶で済ませるように、魔法の出力を抑えてやるさ！」

ウィルマがライカンスロープに殴りかかったのを見て、ブッチも魔法を発動する。

「土属性・猫魔法『ニャイル・ニャウス・ニャック』！」

地面が隆起して、ブッチの意思に従って岩となり、飛び出す。

タイミングよくウィルマも剣を抜いて攻撃をしかけるけど、ライカンスロープは打撃と斬撃の波を、驚くほど器用にかわす。

いくらこちらに、過度に傷つける意図はないと言っても、相当俊敏だ。

「あら～、当たりませんね～」

「あんなにでけえのに、よくもまあ、すばしっこい野郎だ！」

「早く捕まえないと、モルデカにもっと大きな被害が出る……！」

最悪のパターンを想定しなきゃいけないのか、傷つけないといけないのか。

よくない思考が頭を埋めてゆく中、急にブッチの鋭い声が響いた。

「ピーター！　ありゃあ、かなりマズいぞ！」

何が起きたのか、と僕も視線をライカンスロープの行く先に向けると、思わず背筋を冷たい感覚が奔り抜けた。

「恵まれない子供達に、愛の募金をお願いしまーす」

「「お願いしまーす！」」

なんと、大通りの向こうで、孤児院の子供達が募金活動をしてるんだ。

そういえば、孤児院でお手伝いをした時に「毎日町のどこかで募金活動をしている」と言っていたような気がする。

でも、だからって、よりによってここじゃなくてもいいだろうに！

もうじきライカンスロープはあそこに着くし、人々が叫んでいるのに、孤児はまるで気づいてない！

もしも鉢合わせればどうなるか——待ち受けるのは、無惨な光景だ！

「ヤバい、ヤバいヤバい、ヤバいわよ！　ライカンスロープの力なら、あんな子供なんてひとたまりもない！　間違いなく誰かが死ぬわ！」

ベアトリクスさんも最悪の事態を察したみたいで、強気さよりも焦りが上回ってる。

「サンダース、悪いけど強硬策を使わせてもらうわよ！　あの召喚獣の主人には後であたしから説明するわ、あいつを仕留めないともう止まらないもの！」

『気は進まないけど……仕方ないわね』

このままじゃ、彼女はライカンスロープを炎の槍で焼き殺してしまう。

孤児を死なせるより正しい判断だとしても、召喚獣を失わせるわけにはいかない。

「待ってください、ベアトリクスさん！　ライカンスロープは……」

「はぁ!?　だったらあんた、あの暴走した召喚獣が子供を傷つけて、もっと多くの人をケガさせて逃げる方がいいって、そう言いたいわけ!?」

「違います！　でも……！」

「諦めろ、ピーター！　ガキを殺させるわけにはいかねえだろ、割り切るしかねえ！」

屋根から降りた僕にブッチも叫ぶ。

ダメだ、まだ納得できないし、するわけにはいかない。

「いや、まだやり方はあるはずだよ！　どちらも助けるやり方が……」

ライカンスロープを落ち着かせるには、目を隠して視界を奪う。

視界を奪うには動きを止める必要があるから、同時にこなせる手段があれば――。

「……あった！」

思わず、僕は指を鳴らした。

ライカンスロープに傷を負わせず、孤児も傷つけない妙案を思いついたからだ。

「ブッチ、尻尾を使っていい⁉」

「断る！」

「即答⁉」

とはいえ、妙案もブッチの協力がないと、とても実行には移せない。

「使うなんざ、何だか知らねぇが、ぜってぇろくなことが起きねぇだろ！　いいか、俺様の尻尾はだな、毎晩寝る前に必ず毛づくろいをして形も整えて……」

正面から問答したところで、頑固なブッチは絶対に首を縦には振らない。

うーん、買収するみたいで気は進まないけど、手段は選んでられないね。

「好きなだけ魚を買ってあげるよ！」

「自由に使いやがれ！」

よし、言質は取った。

それじゃあブッチ、約束通り自由に使わせてもらうね。

「僕の言う通りに魔法を発動して！　ごにょごにょ……」

ある意味とんちきな作戦をブッチに耳打ちすると、彼の黒い毛がたちまち逆立つ。

「な、何だとぉ⁉　前言撤回だ、そんなことに俺様の尻尾を使うんじゃねぇ！」

ブッチがさっきの発言を取り消そうとするのも、僕は理解してる。

でもさ、ブッチはさっき言ったんだもの。

自由に使っていい、ってね。

「男に二言はないんだよね、ブッチ？」

「うぐ、ぐぬぬ……！」

苛立ちに体をグネグネとさせても、僕をぎろりと睨んでも、一度言った内容は曲げないしプライドが許さないのがブッチだ。

そしてとうとう、大きな目を見開いて、ブッチが叫んだ。

「あー、だー、くそっ！　ほんっと、いい性格になりやがったな、ピーター！」

よし、ブッチも無理矢理とはいえ乗り気にさせられた。

あとはウィルマやベアトリクスさんにも協力してもらえれば、作戦は成功する。

「ウィルマ、ライカンスロープの動きをほんの一瞬でいい、止めてくれ！　ベアトリクスさんとノーナさんは、ウィルマが攻撃を仕掛けた瞬間に、炎で行く手を遮ってください！」

「はぁ!?　どうしてあたしが、サンダースの命令を聞かなきゃいけないのよ！」

彼女の説得は僕がやるよりも、ノーナに任せた方がよさそうだ。

『人の話を聞いてあげるのも、上に立つ者の役目よ、ベティ』

ノーナに諭されて、ベアトリクスさんの頬がわずかに緩む。

「……そ、それもそうね！　いつかサンダース家はランカーバック家の下につくんだし、天才のあたしが下々の言い分を聞いてやらなくもないわ！」

「皆、ありがとう！　早速仕掛けるよ！」

気持ちが一つになったなら、ためらう理由なんてない。

一心不乱に逃げるライカンスロープに狙いを定めた瞬間が、作戦開始の合図だ。

あの召喚獣が四方八方に跳び回るんじゃなく、全力疾走して、孤児達に突っ込もうとした瞬間がチャンスだ。

そしてその瞬間は、あっという間にやって来た。

ライカンスロープが――子供達に、狙いを定めた。

「――今だ、ウィルマ！」

もう迷う理由も、時間もない。

僕の指示で、ウィルマが一気にライカンスロープに飛びかかる。

「とりゃあ～っ」

『ガウルッ！』

さっきまで当たらなかった斬撃は、二度目も変わらずかわされてしまう。

「やっぱり、避けられたわ！」

「いいや、これで問題ない！」

だけど、それが僕の狙いだ。

なるべく連続で攻撃を仕掛けて、ライカンスロープの移動速度を遅らせるんだ。

ライカンスロープは僕らから逃げるんじゃなく、獲物を捉えるべく進行方向を固めているから、先の行動が読みやすい。

つまり、僕とブッチの必殺の魔法が命中する確率を上げられるってわけだね。

「畳みかけてください、ベアトリクスさん！」

「ああ、もう、生意気言ってんじゃないわよ！　あたしのタイミングでやらせてもらうわ、行きなさい、ノーナ！」

『いい子ね、ベティ。「不死の炎壁」！』

特にフェニックスの炎の攻撃は、広い範囲でライカンスロープを足止めしてくれる。

さすがの凶暴な獣も、炎を突破する勇気はないだろうしね。

『ギャギャウ⁉』

炎の壁を何重にも重ねて、やっとライカンスロープがわずかに足を止めた。

今までなかった絶好のチャンス――僕とブッチが、ふいにするわけにはいかない！

「「猫魔法『テイルロープ・バインド』！」」

僕らの声が重なると、ブッチの尻尾が伸びて、ライカンスロープの目に巻き付いた。

『グルオオオッ⁉』

召喚獣はいきなり視界を遮られて、パニックに近い悲鳴を上げる。

勢いよく尻尾を引き千切ろうとするその手も、尻尾で縛ってしまえば問題なし。

これが僕とブッチの作戦——両手足と目を尻尾で封じて、抑えつける作戦だ！

「ブッチの尻尾を伸ばして、目を塞ぐうえに両手足を縛るロープにした！　これでライカンスロープが落ち着くまで、時間を稼ぐ！」

「召喚獣の尻尾を、あんな風に使うなんて……！」

ベアトリクスさんが驚く一方で、ライカンスロープはまだ動きを止めない。

『ガア、ガアアアアアッ！』

「んぎっ⁉　こいつ、とんでもねえパワーだ！」

僕らだけの力じゃ、とてもじゃないけど抑えきれない。

靴が摩擦で悲鳴を上げ、ブッチが引きずられそうになる。

「な、何あれ⁉」

「おおかみがくるよーっ！」

地面をずるずると引きずられれば、ようやく危険を察して逃げ出した孤児のところまで、ライカンスロープが追い付いてしまう。

ギリギリ間に合うか、いや、間に合わない。

牙を剥き出しにしたライカンスロープの執念が、僕らの腕力を上回るはずだ。

「やっぱり、僕とブッチだけじゃ引っ張られる……ウィルマ、力を貸して！」

「はぁ～い！」

ウィルマがブッチの尻尾を掴んで抑えると、相手の抵抗が弱まる。

彼女一人分で、僕らの数倍近い力が発揮されるなんて思ってもみなかったのか、ライカンスロープがぎろりとこちらに頭を向けた。

「もう少し、もう少しで抑えつけられる！　ベアトリクスさん、ノーナさん！」

『わかったわ。その尻尾を、引っ張ればいいのね？』

さらにノーナが尻尾を引っ張って飛べば、もうライカンスロープが走る力よりも、僕らが引っ張る力の方が上回った。

「あらあら～？　炎が触れたら、ブッチ様が火傷しませんか～？」

「無知なあんたに教えてあげるわ！　フェニックス族の炎ってのはね、本人の意思がないなら、熱くもなんともないのよ！」

だとしても、抵抗し続けている限り、まったく油断できない。

気を抜けばライカンスロープが孤児を引き裂くし、町を壊す。

絶対にさせない、させちゃいけない。

「ぐぐぐ……！」

「う、ぐ……！」

僕とブッチ、ウィルマ、ノーナの声が重なる。

『ガルルルル！　オガアアアアア！』

正気を失ったかのように、視界を奪われたライカンスロープが叫ぶ。

その怒りの声に負けるもんかと、僕も喉の奥から声を絞り出した。

「――止まれえええええッ！」

頼む、なんとかなれ、と強い意志を込めて、尻尾が汗で濡れるくらい引っ張った。

するとようやく、ライカンスロープの抵抗が弱まった。

「……どう、なったの……？」

僕らも引っ張るのをやめ、相手の動きを見る。

しばらくすると、尻尾でぎちぎちに締め付けられていた腕や脚が元の大きさに戻り、逆立っていた毛が収まり、たちまちライカンスロープが小さくなった。

『……くぅーん』

チワワ程度の小ささになった姿は、間違いなく暴走が収まった証拠だ。

「やった、暴走が止まったよ！」

喜びつつも、僕はライカンスロープの目を手で隠し、抱きかかえる。

小さな召喚獣は暴れもせず、疲れ切ったように、僕の腕の中で丸くなった。

「ふぅ、ひとまずどうにかなったな。まったく、俺様の尻尾をぞんざいに扱いやがって！」

「ごめんね、ブッチ。でも、君のおかげで、誰も傷つけずに済んだよ」

「あとで、レストランで最高級の魚料理を腹いっぱい食わせてもらうからな！」

駆け寄ってくるブッチだけじゃなく、皆にもお礼を言わないとね。

「ウィルマもノーナさんも、本当に助かったよ……ベアトリクスさんも、暴走を止めるのを手伝ってくれて、ありがとう」

『礼には及ばないわ。むしろ、被害を最小限に抑えられたのは、貴方の成果よ』

「そんな！　ベアトリクスさん達がいなきゃ、僕らだけじゃできなかったことです！」

僕がそう言うと、ベアトリクスさんが腰に手を当てて鼻を鳴らす。

「当たり前よ！　本当なら、あたしとノーナだけでなんとかなったけど、特別の特別に、あんたを立ててやったのよ！　感謝しなさいよね！」

「ほーう？　じゃあ、お前ならどうしてたか、このブッチ様に教えてくれよ？」

「うっ、それは……」

「意地悪しちゃダメだよ、ブッチ。ベアトリクスさんなら、きっと何とかしてたさ」

どぎまぎしてた彼女も、僕がフォローを入れると、また威勢を取り戻す。

「……ふ、フン！　当たり前じゃない、あたしはランカーバック家の天才、ベアトリクス・ランカーバックなんだから！」

『貴女も立派に活躍したわよ、ベティ』

「子供扱いしないでちょうだい！」

ノーナにも怒鳴るベアトリクスさんは、不意に少しだけうつむいた。

「……無傷で捕まえるなんて、できるわけないじゃない」

そして、何かを小さくつぶやいた。

僕にも、きっと他の人にも聞こえていない、微《かす》かな声。

「ん？　ベアトリクスさん、どうしたの？」

「何でもないわよ！　ほら、とっととこのライカンスロープを連れて戻るわよ！」

何て言ったのか気になるところだけど、ベアトリクスさんが、口から火を吐くほどの態度を見せると、あきらめざるを得なかった。

それに、最大の目的は果たしたんだから、今はこれでいいとしようか。

そう思いながら、僕らはライカンスロープと共に、広場へと戻った。

第七章

「――本当に、本当に、ありがとうございます……！」

夕暮れを背に、ライカンスロープの主人である召喚士見習いは、僕らに何度も頭を下げた。

ベアトリクスさんやノーナは自警団に事の次第を説明しに行ってくれたから、僕らの役割は、その間、召喚士見習いの面倒を見ることだ。

彼にとって――当然だろうけど、召喚獣はとても大事な存在だったみたいだね。

『くぅーん』

「トムが暴れた時、俺は何もできなくて……他の召喚士や魔法士も、何もしてくれなくて……ただ、遠くに行くのを眺めてるばかりで……」

彼の手の中で眠るライカンスロープは、今は目に布を巻かれてる。

魔法士による適切な処置が施されるまでは、きっとこれは外せない。

「……も、もし、この子が死んだらと思うと……！」

「ハッ！　何甘いこと言ってやがんだ！」

青年が涙ながらに語っていると、ブッチがうんざりだと言いたげに話に割って入った。

「ちょっと、ブッチ！」

「ピーターは黙ってろ。こいつには召喚獣として、モノ申しとかねえと気が済まねえ」

僕はブッチを制したけど、ウィルマも彼を止めようとしない。

まるで、彼の怒りと言葉が、正しい説教になると知っているかのように。

「いいか、ライカンスロープってのは、確かに暴走しがちな召喚獣だ。だがな、ちゃんと魔法士に助けてもらえば、丸いものを見ても問題ねえんだ。召喚してすぐに対処してりゃ、そもそもこんな事件も起きなかったぞ」

「うっ……」

「一緒にいるのも、かわいがるのも結構だがな、大事なところが抜けてたんだよ。お前も召喚士見習いなら、相棒について知っておくべきだぜ」

ブッチの話に、一言一句間違いはない。

もしもライカンスロープが人を傷つけたり、取り返しのつかない過ちを犯したりしていたなら、彼は悔やんでも悔やみきれなかったはずだ。

たった一度、ほんの少しの処置をサボっただけで。

でも、そのサボりは決して、反省しただけで終わらせちゃいけなかったんだ。

「ブッチ……」

「……そうですね」

青年はわずかにうつむいてから、ブッチを見つめた。

「俺はまだ、この子のことをちゃんと理解してやれてなかったみたいです……モルデカには召喚士試験を受けに来たんですが、今回はやめておきます」

ただし、その目に後悔はない。

あるのは己を律し、決意を新たにした目だ。

「トムの力を抑えて、理解する術を学んでから、もう一度ここに戻ってきます！」

『わんっ！』

愛らしく鳴くライカンスロープを連れ、「皆さん、頑張ってくださいね」と言い残し、青年は去っていった。

陽は少しずつ暗闇の中に沈んでいき、夜の帳《とばり》が微かに空の端から顔を覗かせる。

「……あの人達も、試験に挑むつもりだったんだね」

僕がポツリとつぶやくと、ブッチが肩をすくめた。

「言っちゃ悪りいが、あそこでライカンスロープの危険なところを学んでおいて正解だったぜ。試験中に暴れ出したら、それこそ死人が出てたかもしれねぇ」

「試験中ですから、ウィルマもお手伝いできません～」

「人死《ひとじ》にが出る前にどうにかできたのは、お前の手柄だ。誇っていいぜ」

「僕だけの成果じゃないよ。ブッチもウィルマも助けてくれたし、それに……」

話を続けようとする僕の声を、後ろから別の人が遮った。

「そうよ。このベアトリクス・ランカーバックのおかげよ」

ベアトリクスさんだ。

ここに戻ってきたということは、きっと自警団への説明を終えたに違いない。

仮に彼女ができなくても、頭上を舞うノーナがやってくれただろうね。

「げっ、出やがった」

「出やがったとは何よ、出やがったとは！」

当然の如く「えんがちょ」なんて言い出しそうな顔を見せるブッチに、ベアトリクスさんも歯を剥き出しにして敵意をあらわにする。

「まったくもう、サンダース！　召喚獣のしつけがなってないわよ！　召喚士見習いなら、召喚獣に礼儀くらい覚えさせておきなさい！」

「ケッ、召喚士の方が無礼なくせに、笑えねえ冗談だぜ」

「うがーっ！」

「フシャーっ！」

これじゃあ人とケットシーというより、野良猫同士の喧嘩だ。

ついでに、放置していれば取っ組み合いの喧嘩に発展しかねない。

「はいはい、どうどう。ブッチ、顔を合わせるたびに喧嘩してちゃ、もたないよ」

『ベティも落ち着きなさい。悪口を言うために、ここに来たんじゃないでしょう？』

「……そ、そうよ」

僕とノーナが落ち着かせると、ベアトリクスさんはふう、と大袈裟に息を吐いた。

「あんた、召喚獣に魔法を使わせるなんて、なかなかやるじゃない。サンダース家の出身ってのは気に食わないけど、ひとまず、それなりの召喚士として認めてやるわ」

「はん、ピーターはそれなりどころか、おめーなんかよりずっと……」

ああ、もう。

ブッチはそろそろ、余計な一言を言わないように、教え込まないといけないね。

「ウィルマ、お仕置き」

「は〜い」

僕が珍しく命令すると、ウィルマが後ろからブッチを羽交い締めにした。

「うぐっ⁉」

絞められた鶏のような声で鳴いて、持ち上げられるブッチ。

さっきまでブッチをぶん殴ってやる、って言いたげな顔をしていたベアトリクスさんが、少し心配げな表情を見せた。

「ねえ、あれ、大丈夫なの？」

「心配ないよ。ウィルマはちゃんと、加減をしてくれるからね」

「そ、そうなの……じゃなくて！」

でも、すぐにいつものベアトリクスさんに戻る。

「ただあんたを褒めに来たわけじゃないのよ！　あたしがここに来たのはね、改めて、サンダース家に宣戦布告するためなの！」

そして僕目がけて、上着のポケットに突っ込んでいた紙を突き出した。

それを手に取り、広げて見ると、地図や日付、時間が記されてる。

「これは……？」

「『銅五等級召喚士試験』の張り紙よ。明日、モルデカで一番大きな噴水広場で、試験が行われるわ」

――召喚士試験。

僕の大きな目的を聞き、手のひらにちょっぴり冷たい感覚が奔った。

きっと、緊張というよりは、本来モルデカに来た理由を思い出しながら、ワクワクした感覚に襲われてるんだと思う。

決して不愉快な感覚じゃない、むしろ楽しみでもある。

「書いてあるのは、場所と時間だけ……何をするかは、教えてくれないんだね」

「予想できない事態に対処するのも、召喚士の立派なスキルだもの」

「試験なら、試験官の名前くらいは書いてくれてそうなものだけど……」

「そんなつまらないことばかり考えてるうちは、試験に合格できるわけないわね！　あんたなんかが参加しても、無様を晒《さら》すだけよ！」

はん、とベアトリクスさんが僕を見下ろし、指でさした。

「あたしはノーナと一緒に、試験を楽勝でクリアする予定よ。もちろん、勝負の場で惨敗して、指くわえて不合格になってるあんたを見下しながらね！」

『そうじゃないでしょう、ベティ』

「そうなの！　あたしが伝えたいのは、これだけよ！」

お姉ちゃん相手にムキになってるさまは、うん、やっぱりかわいい。

口に出すと、ブッチより強烈な引っかき攻撃をお見舞いされるだろうから、言わないけど。

「あんたに張り紙を渡してやったのも、大負けしてべそかいてるのを大笑いしたいからで、他の理由なんてまったく、ちっとも、ぜーんぜん、ないんだから！」

でも、ベアトリクスさんとはもう、赤の他人ってわけじゃない。

だからはっきりと、伝えることは伝えないとね。

「お互い頑張ろうね、ベアトリクスさん」

僕がにっこり微笑んで言うと、彼女の顔が、首筋から額まで赤くなってゆく。

「なっ……な、ななな……！」

そしてバタバタ手を振りながら、ノーナを呼び、彼女の背中に乗った。

「あんたに言われなくたって、あたしはいつだって頑張ってるわ！　行くわよ、ノーナ！」

『楽しみにしてるわね、ピーター君』

軽くウインクして飛び去るノーナと、最後の最後まで僕に「あっかんべー」をしていくベアトリクスさんの姿は、たちまち見えなくなった。

彼女はサンダース家を嫌ってるというのに、どこか嫌いになりきれない。

人を嫌うのが得意じゃない、というべきかもね。

「……素直じゃないけど、いい子なんだろうな、ベアトリクスさんって」

そこはきっと、ベアトリクスさんのいいところなんだ。

「ねえ、ブッチもそう思うでしょ……」

さっきからずっと静かにしてるブッチの方を見て問いかけても、返事はなかった。

「ぶくぶく……」

「いつもより多めに極まっております～」

なぜなら、ウィルマの締め技のせいで、ブッチが泡を吹いてるからだ。

そういえば、すっかり忘れてた——ウィルマはお仕置きをする時、あんな朗らかな顔をしておいて、容赦を一切しないということを。

「わ、わーっ！　ウィルマ、やり過ぎだよ、ブッチが死んじゃうって！」

僕が慌ててウィルマからブッチを引き離すと、彼はやっと息ができたみたい。

「あら～、つい本気でやっちゃいました～」

「じ、じぬがどおもったぞ、ばがやろー！」

「ごめん、ブッチ。首の骨が折れなくて良かったね……」

今度からは、ウィルマのお仕置き中は目を離さないようにしよう。

それを頼む時はブッチが悪さをして、僕がたしなめる時だけど、そのせいで昇天しちゃったら取り返しがつかないもの。

「げほ、ごほ……ともかく、召喚士試験の手掛かりが見つかったのは、何よりじゃねえか。俺様達がこのまま観光してる間に、試験が終わってたら最悪だったぜ」

腕を組んではん、と笑うブッチのそばで、僕も笑う。

「やっと夢に近づけるチャンスが来たみたいで、なんだかワクワクするよ」

「なーに言ってんだ！　喜ぶのは、試験をパスしてからだ！」

言葉では注意してても、ブッチも試験を楽しみにしてるのは、口調でわかるよ。

「ま、俺様が相棒なら、どんな試験でもビビることたあねえ！　大船に乗ったつもりで、どんと胸を張って会場に行くぜ！」

「僕も頑張るよ、ブッチ！」

「二人が仲良くて、ウィルマ、とっても嬉しいです～っ」

こつん、と拳を合わせる僕とブッチに、ウィルマが拍手を送ってくれる。

何でもできそうなほど、ワクワクした気持ちがお腹の底から湧き上がってくる一方で、おかしな気持ちも、どういうわけか残ってた。

というのも、本来いるはずの人がここにいないんだ。

「……あれ？　そういえば、ジェイセンさんはどこに行ったんだろう？」

そう、ジェイセンさんが、ずっといない。

召喚士の青年のメンタルケアをすると言ってから、彼のもとにライカンスロープが戻ってきても、広場からすっかりいなくなっちゃってた。

探す余裕がなかったのは事実とはいえ、どこに行ったのか、今になって気になってきた。

「だらしねえあいつのことだ、酒場にでも入ってったに違げえねえよ。どうせ明日には、べろんべろんになって帰ってくるさ」

ただ、ブッチとウィルマはそうでもないみたい。

僕よりも早くジェイセンさんの不在を察してたけど、言及するまでもないって態度だ。

「……そうかな……」

こう言われると、僕も納得せざるを得ない。

トラブルに巻き込まれたわけじゃないなら、いいんだけど。

「うし、宿に帰ってさっさと寝るぞ！　寝不足で試験に落ちるなんて、笑えねえからな！」

「……うん」

結局、ブッチに急かされるように、僕達は宿に帰った。

ブッチの言う通り、どこかでお酒を浴びるように飲んでるんだと思うことにして、僕らは明日に備えて眠ることにした。

◇◇◇◇◇◇◇◇◇◇

――次の日の朝、僕らは宿を出て、昨日と同じ噴水広場にやって来た。

ただし、大きな広場の雰囲気は、昨日とはまったく違う。

広場は見渡す限り、召喚士見習いや召喚獣、そしてここで行われる『銅五等級召喚士試験』の様子を見に来た人でごった返してたんだ。

「すごい人だね……！」

右を見ても召喚士。

左を見ても召喚獣。

あとは試験の内容と結果を見に来た町の人々。

モルデカ中の人が集まってるんじゃないかと錯覚する人ごみに、僕だけじゃなく、ウィルマも、八百年生きたブッチもさすがに驚いてるみたい。

「こいつら全員、召喚士のたまごってわけか」

「どこもかしこも、召喚士と召喚獣ばかりですね～」

しかも、集まった召喚獣のほとんどは高ランクばかりだ。

「あそこにいるのはアースドラゴン、まだ子供だろうけど成長すれば家より大きくなるんだ。あっちはサテュロスの双子、二匹も使役するなんて珍しいなあ」

轟々《ごうごう》と火を吐くドラゴンに、華麗なステップを踏む山羊脚の半人の召喚獣。

多種多様な召喚獣はどれもこれもが、それらを使役していながらまだ資格を手に入れていないのか、と驚くほどのもの。

もちろん僕のように、今回初めて試験を受ける人もいるだろうけど、明らかにジェイセンさんのような、手練れの感覚を匂わせる人もいる。

逆に言えば、試験の難度の高さをうかがわせる。

「それに、比較的ランクの高いアラクネーにミノタウロス……すごいライバルばかりだね」

「ま、俺様から言わせりゃ、大した奴なんていねえがな！」

多くのライバルの前で自分の力をアピールするように、ブッチが胸を張る。

「仮にあいつら全員が俺様とピーターに殴りかかってきたところで、魔法で全部吹っ飛ばしてやれるぜ！　そうすりゃ、俺様達が自動的に合格ってわけだ！」

「ブッチ、発想が悪役みたいだよ……」

あはは、と苦笑いする僕の隣で、ウィルマがきょろきょろと辺りを見回していた。

「ところで、ジェイセン様がまだ見当たりませんね～」

「……本当だ、どこにもいないね」

そういえばそうだ。

言われてみれば確かに、ジェイセンさんがどこにもいない。

あの人も召喚士試験を受けに来たはずだろうに、開始時間までに広場に到着しなかったら、努力が水の泡になるに違いない。

それに、予定されている時間まで、もう半刻もない。

「ははは っ! あいつ、きっとどこかの酒場でいびきかいて寝てるんだろうよ!」

ブッチはそう言って笑うけど、僕はどうにも放っておけない。

「うーん……試験を受けられないのはかわいそうだし、探しに行こうか」

「やめとけって。お前まで受けられなくなったら、意味ねえだろ」

「でも……」

ケットシーに制されても、広場の周りだけでもジェイセンさんを探しに行こうとした僕の前に、ずい、と何人かの男女が立ちはだかった。

「——おっと、君が噂の、サンダース家のお坊ちゃまだね?」

最初に口を開いたのは、どこか気の強そうな男の人。

ベアトリクスさんと違って、人を見下すような態度がとても目立つ。

「そうですが……どこかでお会いしましたか?」

「いや、初対面さ。僕らはただ、あのサンダース家が満を持して旅に出した、ピーターという少年がどんなものか、見定めに来たんだよ」

彼は僕とブッチ、ウィルマを交互に見て、はん、と笑った。

「だがまあ、何というか……わざわざ警戒する必要もなさそうだ」

「どういう意味だ、あァ？」

「そのままの意味です。正直、がっかりしたくらいですよ」

ブッチの問いかけに答えたのは、後ろにいる女の子。

豪奢な格好からして、恐らく僕と同じ貴族の生まれみたいだ。

でも、エイブラムス兄様やラムダ兄様にあって彼女らにないものは、はっきりとわかる。

人を敬《うやま》い、思いやる態度が、欠片《かけら》も感じられないんだ。

僕に対してそうしろってわけじゃなくても、この人達は誰に対しても同じように不遜な態度をとるんだろうなと、嫌でもわかってしまう。

「間抜け面のメイドを連れていないと何もできない、十歳と少しくらいの子供というだけでもライバルになり得ないのに、召喚したのがケットシーなんてお笑い草ですよ」

彼女の隣にいる、狐《きつね》のような顔の少女も、けらけらと僕らをからかう。

なんというか、悪意マシマシ。

歳もさほど違わない小学校の上級生が、下級生をからかっているような感じだね。

「そもそも、ケットシーやスライムなんてザコ召喚獣を呼んだ奴は、試験を受けないのが暗黙のルールよ。どうしてか、わかる？」

「いえ、わかりません」

「最低ランクの召喚獣は、他の召喚獣の品位を貶《おとし》めるからよ」

ずい、ずずい、と三人の男女は僕を取り囲み、見下ろしてせせら笑った。

「召喚獣を呼び、使役するというのは、人より優れた証拠だ。だがな、スライムやケットシーなんて無能を連れ歩いていると、人々の印象も変わってしまうだろう？」

「そうなる前に、サンダース、あなたには家に帰ってほしいのよ。ケットシーと一緒に日向ぼっこでもしてる方が、お似合いじゃない？」

聞いたこともないルールをぶつけて、人を見下す連中。

三人の召喚獣は小さなドラゴンや半人半馬のケンタウロスなど、ランクは間違いなく高いのに、本人の態度がそれをずっと貶めてるって気づかないのかな。

おまけに周囲の視線も、決して彼らを尊敬してない。

「あいつら、上級の召喚獣を使役してるからって……」

「しっ。こっちまで目をつけられたら、たまったもんじゃないわ」

明らかに厄介者扱いされてる面々に見下ろされるブッチは、ぺっと地面に唾を吐いた。

汚い行為でも、今はどうにも注意する気にはなれない。

だって、僕だって彼らの言葉を無視できないからだ。

「あーあー、召喚獣が強いからって、自分まで強くなったと勘違いするガキは、いつでも減らないもんだな。バカさ加減に、心底同情するぜ」

ブッチがわざとらしく大声で言うと、彼らのリーダー格らしい男の眉が動いた。

「……何だと？」

「自分に誇れるものがないから、召喚獣の力に縋るのですね～」

「お、珍しく意見が合ったな。こいつら、どいつもこいつも凡人ヅラしてやがるからなァ」

「聞き捨てなりませんね……！」

ウィルマにも挑発され、残った二人が身を乗り出す。

このまま戦うのは簡単でも、ブッチとウィルマの手を汚させるわけにはいかないね。

「ブッチ、ウィルマ。悪口はダメだよ」

静かに一歩、前に踏み出した僕を、ブッチがじろりと見つめた。

「じゃあお前は、言われっぱなしでいいのか？」

「僕は、僕自身のことなら何を言われてもいいよ」

僕、ピーター・サンダースの焦げ茶色の髪が逆立つのは、自分をバカにされた時じゃない。

「でも……家族やブッチ、ウィルマを侮辱されたなら、黙っているつもりはないね」

仲間や相棒、大事な人にひどい言葉をぶつけられた時だ。

ブッチは言わずもがな僕の相棒だし、ウィルマは専属のメイドで、どちらも自分よりずっと大切な召喚獣と人なんだ。

それを目の前で間抜け面のメイドとザコ召喚獣、なんて言われた日には、さすがの僕も口調が変わるよ。

「一言、ごめんと謝ってくれればいい。僕じゃなく、ここの二人に」

そんな感情をのせて、僕は静かに彼らに告げた。

君達への乱暴な物言いを取り消せ、と。

「ぐう……」

「な、何よ、こいつの目……！」

じろりと睨んだだけで、彼らが委縮する。

屋敷でブッチに教えてもらった『ガンの飛ばし方』、使い道なんてないと思ってたのに、意外なところで活用できるものだね。

「ハッ。ぬくぬく温室育ちの召喚士見習いと、山賊とも戦えるほど鍛えたピーターじゃあ、比べ物にならねえな」

「だ、誰が——」

どうやら、相手は謝る気なんてないみたい。

だったらやり方を変えようか、なんてちょっとだけ怖い発想が頭をよぎった時、明後日の方向から聞き慣れた声が空気を裂いた。

「――あら、三下連中が揃って、何をピーピーと喚いてるのかしら？」

フェニックスのノーナを従えて仁王立ちしてるのは、ベアトリクスさんだ。

「「ら、ランカーバック……！」」

彼らもベアトリクスさんの実力を知ってるからか、急にごくりと息を呑《の》む。

家名や召喚獣だけですべてを判断するなんて、おかしいはずなんだけどね。

「やあ、ベアトリクスさん。昨日は試験の開催場所を教えてくれて、ありがとう」

「サンダースがあたしと戦いもせずに負けるのが、癪《しゃく》だっただけよ」

ふん、とそっぽを向いてから、ベアトリクスさんは僕らを取り囲んでいた――今はちょっと距離を取ろうとしていた面々を、じろりと睨む。

「で、何だったかしら？　このサンダースに、随分言ってくれたみたいね」

「あなたには関係ないでしょう！」

「いいえ、大ありよ。こいつはあたしが『それなり』に認めた召喚士で、ぎったんぎったんに倒してやる相手なの。そいつを追い返すってことは……」

すう、と息を吸って、吐いて、彼女は自分の敵と認定した相手の胸元を指で叩いた。

「あたしの獲物に、手を出すってことかしら？」

「「うっ……！」」

あまりに強気な態度か、あるいはランカーバック家の持ちうるプレッシャーか。

どちらにせよ、彼らに反撃の余地なんてありはしない。

「言っておくけど、ランカーバックの女はしつこいわよ。獲物を奪うなら、あんた達全員が代わりの獲物になる覚悟をしておきなさい」

「獲物とは、随分な呼び方だぜ」

『この子なりに、相手を尊重してるのよ。今だけは、許してあげてちょうだい』

初対面じゃあ僕に決闘を持ちかけてきた子が、今はリスペクトしてくれてるなんて、なんだか嬉しいし照れちゃうな。

「僕を庇《かば》ってくれてるの？」

「そんなわけないでしょ！　思い上がりにもほどがあるわ！」

まあ、話しかけてみれば怒鳴り声が返ってくるってのは、予想してたけど。

いつかベアトリクスさんと、喧嘩腰じゃない会話もしてみたいな。

「……ふん！　どちらにせよ、そこのサンダースは試験に勝ち残れないさ！」

そんな風に思っている僕に、受験者の青年が、吐き捨てるように言った。

「どうして、そう言えるのかな？」

僕が聞くと、彼はまるで自分のことのように告げてくる。

「今回、モルデカで試験を取り仕切るのは、銀等級召喚士の中でもことさら厳しいと噂される人だ！　ケットシー程度じゃ、ケガして脱落するのが関の山だろうよ！」

そういえば、召喚士試験は銀等級の召喚士が試験官を受け持つらしい。

ただでさえ突破が難しい試験の中で、銅等級をすべてパスして、国内でもそうそう見かけない銀等級の資格を手に入れた人だ。

きっと、僕らが想像するよりずっと手厳しい人なんだろうね。

その人について、彼らが自慢げに語るのには、思わず首を傾げちゃうけど。

「銀等級の召喚士……モルデカにそんな人がいるとは、聞いてないね」

「で、どこの誰なんだよ、そいつは？」

「聞いて驚け、そのお方は……」

やっぱり自分の自慢話を語るかの如く、彼は口を開こうとした。

「おいおいおい、自分のことでもないのに、随分とえばった言い分じゃねえか」

でも、その前に、僕の関心は他に移ってしまった。

広場の向こうから、ジェイセンさんがこっちに歩いてきたからだ。

ああ、よかった——もしもお酒に負けて酔い潰れて、試験に受かるどころか受けられないなんて、あんまりにもかわいそうだもの。

「ジェイセンさん、来てたんですね！」

僕が手を振ると、ジェイセンさんも長い前髪を揺らして笑顔で応えてくれた。

「てっきり、どこかの酒場で飲んだくれてるのかと思ったぜ」

「おうよ。俺がいないと、試験が始まらないからな！」

ちょっと酒臭い息が、ジェイセンさんが今までどこにいたかを教えてくれる。

でも、彼は不思議なくらい酒酔いを感じさせないし、むしろ昨日までよりずっと気合が入っていると思える。

何でだろう……雰囲気だけなら、別人みたいだ。

疑問をぶつけてみようと僕が声をかけるより先に、ジェイセンさんは、僕らに難癖をつけてきた人たちを見つめて言った。

「ところでそこのガキンチョども、随分と喧嘩腰だな？　血の気が多いのは構わねえが、トラブルだけは起こさないでくれよ？」

「な、何だ、偉そうに！」

「召喚獣も一緒に連れていないような男が、命令しないでちょうだい！」

「強気な態度ってのは困りもんだな。きっといつか、後悔するぜ？」

ジェイセンさんの召喚獣は、きっとまだ土の中かな。

「そういえば……ジェイセンさん、召喚獣はまだ、土の中に隠れているんですか？」

「ん？　ああ、俺が指示を出すまでは、地面の下にこもりっきりさ」

「引きこもりの召喚獣を連れているというのは、随分と困りものですね。そこのケットシーのお友達と一緒に、あなたも受験を辞退した方がいいでしょう！」

畳みかけるような悪口に、僕は思わずむっとした。

僕の相棒やメイドだけじゃない、初対面のジェイセンさんや、姿の見えない召喚獣に心ない言葉をぶつけるなんて、とても嫌な人達だ。

「ジェイセンさんまで、バカにして……！」

「はは、自分よりも他人の侮辱に怒る男なんだな、お前は」

ところが、自身の召喚獣をけなされたジェイセンさんは、変わらずからから笑ってる。

もしかすると、僕が抱いている謎が、彼の余裕の正体なのかな。

「そういうところが、俺は気に入ったんだ。だから、これ以上の隠し事はやめだ」

ジェイセンさんがふう、と軽く息を吐いた時、見習いの青年が、何かに気づいた。

「……あ、ああーっ！」

そしてたちまち、彼を指さしてとんでもない大声を出した。

彼と一緒にいた女性はまだ何も気づいていないみたいだけど、彼はそんなのも構わず、腰を抜かしてがくがくと震えている。

「おい、何だよ？　急に鳩が豆鉄砲を食ったみてえな顔しやがって？」

「だ、だって、この人は……！」

生まれたての仔牛よりも足に力が入らない彼の言葉が、僕にヒントを与えてくれた。

――ジェイセン・ダンガという人は、召喚士見習いらしい雰囲気がなかった。

――どちらかといえば、何度も俯瞰《ふかん》者として経験しているような立場だ。

『俺がいないと、試験が始まらないからな！』

『強気な態度ってのは困りもんだな。きっといつか、後悔するぜ？』

彼のセリフの端々から感じ取れるのは、僕らよりも上の立場。

そして最大のヒントを与えてくれたのは、ラムダ兄様の言葉。

訓練の途中でさらりと教えてくれた、試験官の一人の名前。

『少し、ピートのことが気になってな。銀等級召喚士、ガルセンとの試験についての打ち合わせも終わったから、こっちに戻ってきたんだ』

ガルセン銀等級召喚士。

目の前にいるのは、ジェイセン・ダンガ。

「……まさか」

点と点が頭の中でつながった時、ジェイセンさんがにやりと笑った。

「察しがいいな、ピーター。そうだ、その通りだぜ」

そして長い前髪を掻き上げ、すっかりオールバックにしてしまう。

彼は鋭い瞳や整った顔立ちをあらわにして、以前と変わらない笑顔と共に言った。

「俺はジェイス・ダン・ガルセン――銀三等級召喚士にして、今回の試験の試験官だ」

自分が銀等級召喚士で、試験官だと。

これまでのジェイセン・ダンガは、かりそめの姿だと。

真実を語った途端、広場中が騒《ざわ》めきで埋め尽くされた。

「あれが、銀等級の……」

「町で見たよ、目隠れの人！　まさか、召喚士だったなんて！」

皆の反応を見るに、どうやらジェイセンさん、もとい、ジェイスさんは召喚士の界隈ではかなりの有名人みたい。

僕は知らないのかって――召喚獣について勉強したり、基礎的な体力はつけたりしてきたけど、偉人については必要最低限しか勉強してこなかったんだ。

でも、仮に勉強してたって、ジェイセンさんが銀等級召喚士だとは思いもしないよ。

毎晩お酒を飲んで、宿のドアを壊して怒られてる人だもの。

僕どころか、町の誰もジェイセンさんの正体を知らなかったに違いない。

「生意気なこと言って、申し訳ありませんでしたあああっ！」

突っかかってきた人達が、一斉に頭を下げた。

態度の豹変《ひょうへん》ぶりに僕が目を丸くする一方で、ジェイスさんはあんまり興味なさげに、というより面倒くさそうに手を振る。

「あーあー、頭なんて下げなくていいっつーの。別に、お前らに興味ねえんだからさ」

「「うう……」」

どうやらこの人にとって、態度を変えられるなんてのは日常茶飯事みたい。

まあ、さっきまで自分をバカにしてた相手が急にへこへこと敬ってきても、いい気分はしないよね。

そして彼がどうして偽名を使ってるのか、僕は何となく理解できる。

「待てよ、じゃあ、お前は偽名を使ってピーターに近づいてたのか⁉」

「近づく意図はなかったぜ。宿で会ったのも、たまたまだ」

ジェイスさんもまた、ブッチへのアンサーという形で、その話をしてくれるらしいね。

「魔法を使うケットシーなんて言うから、ちょっとばっかし興味が湧いたんだよ。それに偽名は、どの町に行く時も使ってるんだぜ？」

「わざわざお名前を隠す必要は、あるんでしょうか～？」

「大ありだとも。試験官に媚《こ》びを売ってくる見習いの輩が、どれだけいると思う？」

やっぱり、ジェイスさんは普通に歩いているだけで、厄介な声をかけられるんだ。

自分を召喚士に指名してほしい、試験で有利にしてほしい——時にはお金を渡されたり、脅されたりするのもあったりしたかも。

そんな経験を何度も重ねたら、多分偽名だって使いたくなるよ。

あるいは、前髪をすっごく伸ばして顔を隠したり、普段は飲兵衛のふりをしたり。

そう思うと、ちょっとだけジェイスさんの苦労が垣間見《かいまみ》える気がするな。

……いいや、飲兵衛なのは多分、演技じゃないか。

もしも本当に演技だったなら、飲みに行って姿が見えなくなって、次の日の朝、町のはなれの牧場でひっくり返ってたのも演技になる。

あれを演じられるなら、ジェイスさんは召喚士でもあり、相当な役者だ。

「ついでにピーターが試験を受けるに足る人間かを見定めさせてもらったのも、事実だ。もしも無理そうなら、大事を起こしてサンダース家に怒鳴られる前に、やんわりと突き返してやるつもりだった」

すっかり雰囲気が変わったジェイスさんは、僕の頭をわしゃわしゃと撫でてくる。

「だがな、お前は想像以上だったぜ！　町中の人に認められるどころか、あのライカンスロープの暴走を止めるなんざ、銅等級の面子でもできねえさ！」

「もしかして、ライカンスロープの一件はお前の仕込みじゃねえだろうな？」

「そんなわけないだろ。注意を向けさせただけだぜ」

ああ、なるほど。

思い返してみれば、あの異変に最初に気づいたのも、ジェイスさんだ。

『あそこの仔犬、なんか様子がおかしくねえか？』

ジェイスさんが指をさしてなきゃ、僕らはライカンスロープが大暴れを始めてから、やっとどうするかを相談していたはず。

でも、あれが召喚士試験に参加できるか否かのチェックなら、僕に権利があるかは怪しい。

最悪の事態を止められたのは、皆のおかげだからね。

「ライカンスロープを止められたのは、僕がウィルマやベアトリクスさんに助けてもらったからです、僕だけの力じゃありません」

「そうか？　だったら、ブッチへの指示や作戦の立案、なるべく人を傷つけないようにする立ち回りも、周りの人のおかげか？」

「それは……」

少しだけ考えこむ僕に、ジェイスさんが微笑んでくれる。

「召喚獣との巧みなコンビネーション、十歳ちょっととは思えないほど軽い身のこなし、そしてブッチの特異な能力。すべて、試験を受けるには十分過ぎるスペックだ」

もう一度だけ、くしゃっと僕を撫でてから、ジェイスさんは背を向けた。

「ま、それだけじゃあ、俺の試験は合格できねえんだけどな――よし、ここに集まった召喚士見習い、総勢三十名ほどに試験内容を伝えるぞ！」

彼が皆にこれから告げるのは、待ち望んだ試験の詳細だ。

「どんな試験だろう……」

「もしかして、ここにいる全員で戦うとか？」

どこにも記されていなかった試験内容が伝えられると聞き、騒めきが一層大きくなる。

「フン、あたしの合格は確定してるんだから、さっさと言いなさい」

余裕な態度を崩さないベアトリクスさんを一瞥《いちべつ》してから、ジェイスさんが告げた。

「お前らにやってもらうのは――『俺の召喚獣を転ばせる』ことだ！」

どこにもいない、彼の召喚獣を転ばせろ、と。

「「……えぇ？」」

皆が目を点にするのも当然だ。

だって、召喚獣なんてどこにもいないんだから。

僕とブッチも顔を見合わせる中、ジェイスさんはぱきん、と指を鳴らす。

「おっと、紹介を忘れてたな。こいつが俺の召喚獣、ゴーレムのジョセフィーヌだ！」

そして大仰に手をかざした途端、地面がグラグラと揺れた。

「な、なんだ⁉」

「地面が揺れて……地震か⁉」

誰もが混乱していると、不意に広場の中心がもりもりと膨れ上がる。

そして山のように地面が大きくなったかと思うと、卵の殻の如く勢いよく地面が割れて、そこから何かが現れたんだ。

「……あれは……！」

僕はジェイスさんと初めて会った時、召喚獣は土の中にいるって聞いてた。

あれは嘘じゃない、召喚獣は地面の下で、ずっと僕らと一緒にいたんだ。

だから出てきた召喚獣――土のブロックを組み合わせて作られた召喚獣『ゴーレム』の存在については、さほど驚かなかった。

問題は、そのサイズだ。

「「でっっっっっっか⁉」」

このゴーレムは大きい――とんでもなく、想像を絶して、大きいんだ！

背丈は三メートル、四メートル、いや、五メートルの倍はある！

「家より、いや、もっと大きい……いくらゴーレム族だからって、あんなサイズまで成長するなんて、聞いたことないよ……！」

「八百年前だって、あれだけの図体の奴はいなかったぜ」

僕やブッチどころか、すべての受験者が見上げるさまを見て、ジェイスさんが笑う。

「試験の内容は、さっき言った通りだ。このジョセフィーヌを転ばせればいい。やり方はなんだっていいぜ、攻撃でも搦《から》め手でも……絶対に通用しねえが、俺への賄賂でもいい。とにかくどんな手段を使ってでも、転ばしてみせろ」

なるほど、これが試験だというなら、ジェイスさんの試験は相当なものだ。

あんな図体の召喚獣を転ばせるなんて、もう一部の受験者が諦めているほどの困難で、はっきり言って召喚士のたまごには難し過ぎる。

ある意味では、厳しい試験官ってのは間違ってなかったのかもね。

『……ゴ主人様、人ガ多クテ、恥ズカシイ……』

そんな中、ゴーレムのジョセフィーヌはきゅっと体を縮こまらせた。

名前が女性のそれだったから、薄々気づいていたけど、声も愛らしい女の子みたい。

おまけに性格も人見知りのようだから、雰囲気だけなら気の弱い薄幸の美少女って感じだ——その体躯が、十メートルを超してなきゃ、の話だけどね。

「ちょっとの間の我慢だ。勘弁してくれ」

『……ワカッタ、ソウ言ウナラ……頑張ル』

ジェイスさんと話す様子からは、明らかな信頼を感じる。

『ソノ代ワリニ、試験ガ終ワッタラ、ナデナデシテネ?』

「もちろんだ。いつも通り、体もちゃんと水で洗ってやるからな」

「声が透き通っていて、とってもかわいいですね～」

僕とウィルマは頷き合うけど、ブッチだけは口を尖らせて言った。

「ケッ、言ってる場合かよ。あんな図体のバケモンを転ばせるなんて、かなり難儀だぜ」

『女ノ子ニ、化ケ物ッテ言ワナイデ。大キイノモ、気ニシテルノ』

「あ、はい、ごめんなさい」

ただ、ジョセフィーヌに正論で返されて、すぐに謝ったけど。

「けけけ、デリカシーがないな、ブッチ。そんなんじゃモテねえぞ?」

「うっせえよ! べたついたオールバックなんかしやがって!」

いろいろ言いたいことはあるんだろうけど、僕はひとまずブッチを脇にどける。

ジョセフィーヌが出てきたなら、試験について詳しく聞かなきゃいけない。

「ところでジェイスさん、試験の詳細はそれだけですか?」

「いい質問だな。そうだ、詳しいことは今から……」

「聞く必要なんてないわ! あたしがこいつを倒して、試験は終わりよ!」

ところが、他の受験者を押しのけて、ベアトリクスさんが躍り出た。

彼女の勇気や自信は尊敬するところがすごく多いけど、今は絶対に必要ない。

「待って、ベアトリクスさん! ジェイスさんがわざわざ説明するんだ、必ず聞かなきゃいけないことがあるはずだよ!」

「バカじゃないの、ゴーレムを転ばす以外に大事なことなんてないでしょ!」

なのに、やっぱりベアトリクスさんは僕の話を聞いてくれない。

「ノーナ、やるわよ! ゴーレムなんて、丸焼きにしてやる!」

『ベティ……』

「何よ、あんたはあたしの召喚獣でしょう!? さっさとやりなさい、これは命令よ!」

ノーナもためらって、僕の方をちらりと見てくれたけど、功を焦るようなベアトリクスさんの怒気に勝てそうもない。

いくら姉のような立場とはいえ、元は召喚獣と召喚士の関係性。

喚き散らすほど闘志に溢れているなら、きっとノーナも従うしかないんだ。

『……わかったわ』

半ば諦めたような声色で、ノーナは空を舞った。

「くらいなさい、『不死の炎扇』！」

ベアトリクスさんがゴーレムを指さすと、ノーナの両翼が巨大な炎の波になり、たちまち相手を包み込む。

あれだけの強烈な炎で包囲されれば、ゴーレムでもひとたまりもなさそうだ。

「うわ、熱っ⁉」

「あの炎を見ろ！　すげえぞ、ゴーレムを包むくらいの勢いだ！」

「これって、もしかして、もしかするんじゃないの……！」

受験者達が騒ぐのが嬉しいのか、ベアトリクスさんは勝ち誇った顔で鼻を鳴らす。

「フン！　まったく抵抗もしないで焼かれるなんて、銀等級の召喚士が操る召喚獣にしては、歯ごたえがないわね！」

『ベティ、油断しちゃダメよ』

「油断も何も、もうちょっと焼いてやれば、試験は終わりよ！」

彼女の中では、試験はすでに終わってるみたいだ。

ベアトリクスさんとノーナのコンビが、ゴーレムを倒すという未来で。

「いくらデカいゴーレムだからって、しょせんは中級程度の召喚獣！　最高ランクの召喚獣のフェニックスには、手も足も出ないわね！」

轟々と燃えるジョセフィーヌを見て、ウィルマは少し心配そうな顔で僕を見つめる。

「あんなに真っ黒に焦げて、死んじゃいませんか～？」

僕も死んでしまわないか不安だったけど、今はそんな感情を抱いちゃいない。

それは僕だけじゃなく、ブッチも、ジェイスさんも同じなんだ。

「あのゴーレムは心配ねえみたいだぜ」

なぜなら――ゴーレムは果たして、黒焦げになっても倒れなかった。

手も足も、指もピンピンと動くし、明らかにダメージなんて受けてないって様子だ。

「おい、大丈夫かー？」

『チョット熱カッタケド、大丈夫』

ジェイスさんの問いかけにさらりと答えるジョセフィーヌは、黒焦げになった自らの表面を器用にガリガリと削る。

すると、たちまち元の黄土色のジョセフィーヌに戻ってしまった。

「ウソでしょ……あれだけ黒焦げになってた石が剝がれて……」

『完全に、再生した……！』

おまけに黒焦げになった部分もゴーレムに吸収されて、完全に元通り。

ノーナだけじゃなく、ベアトリクスさんも絶句するのも無理はない。

「蛇が脱皮するみたいに、薄皮のように石を剝いで再生するのか……あれじゃあ、表面だけを焼いても、ゴーレムにはまったくダメージがない……！」

まるで見せつけるようにジョセフィーヌが再生能力を使ったなら、きっとジェイスさんには、合格に関して何かしら別の意図がある。

もっとも、ベアトリクスさんは気づく様子がない。

「だ、だったら、炎の槍で射貫くだけよ！」

むしろ癇癪《かんしゃく》玉が炸裂《さくれつ》したようで、ノーナに向かって喚き散らす始末だ。

『待って、ベティ！　解決策を見つけてからじゃないと、意味がないわ！』

「うるさい、うるさいうるさいうるさい！　召喚獣ならあたしの命令に従え、ノーナ！」

普段ならノーナに絶対言わないセリフも、当たり前のように飛び出してくる。

彼女は、自分の必殺技がまったく効果がないんだって認めたくないんだ。

だからノーナが悲しげな顔で、命令に従っている——自分の意志で戦っていないのにも気づかず、喚き散らすんだ。

「『不死の炎槍』、五連発ッ！」

ライカンスロープに放った炎の槍を、ノーナはゴーレム目がけて放つ。

「一発で魔物の体に風穴を開ける、超高温の槍よ！　あんたみたいなデカブツでも、五発も食らえば立ってられないでしょ！　さあ、さっさと倒れて、あたしの合格を認め……」

ほとんど息継ぎもせずに叫ぶベアトリクスさんだけど、結果はほとんど変わらない。

穴が開いた部分に、他の石が集まって、残るのはさっきと同じジョセフィーヌだけだ。

「さっき崩れた石が集まって、元の体に戻りやがった！」

「全体攻撃を脱皮で耐えて、一点集中の攻撃なら剥がれた石で再構築する……しかもゴーレム族は、防御力の高い種族だ……！」

「正攻法でダウンさせるなんざ、どう考えても不可能だろ！」

僕もブッチも、いや、ここにいる全員が同じ答えを頭に浮かべてる。

正攻法じゃあ勝てないし、確実に何か別の手段が必要だ。

「まだ、まだまだまだああぁッ！」

それでもベアトリクスさんは、絶叫しながらノーナに攻撃を続けさせる。

「『不死の炎槍』！　『不死の炎槍』！　『不死の炎槍』ッ！」

ノーナの体の炎が少しずつ弱まってるのに、ベアトリクスさんは気づいちゃいない。

「あのチビ、ヤケクソになってるじゃねえか！」

「ベアトリクスさん、手を止めてくれ！　いったん退かないと、ノーナさんが……！」

「サンダースがッ！　口出ししてんじゃないわよッ！」

僕の声も、今の彼女には届かない。

ノーナのぜいぜいと途切れつつある息も、千切れゆく炎も、彼女には見えてない。

『はぁ、はぁ……』

「あたしは今まで、一度だって失敗しなかった！　障害は全部ぶっ飛ばしてきた！　あたしの才能は完璧で、絶対に負けない、最強の召喚士として……！」

きっと今、彼女の頭の中にあるのは、失敗への強烈な恐れだけだ。

何もかも成功して、誰からも褒められ続けてきたはずのベアトリクスさんは、今、自分が体験したこともない失敗への恐怖に囚《とら》われているんだ。

そんな彼女に、これ以上戦わせちゃいけない。

「もうやめるんだ、ベアトリクスさん！」

僕はとうとう、ノーナをかばうように、ベアトリクスさんと召喚獣の間に立った。

「邪魔よ、どきなさい！　ノーナ、攻撃の手を止めないで！」

目を血走らせて喚く彼女の前で、大きく手を広げて、僕は首を横に振る。

ブッチに頼る必要も、ベアトリクスさんを無理矢理制する必要も、もうどこにもない。

「……ううん、もう攻撃なんてできない。ベアトリクスさんの目には、見えないの？」

「見えないって、何が……」

不意に、ベアトリクスさんの目から怒気と焦燥が消えた。

代わりに残されたのは、ドロドロに濁った絶望だ。

「……あ、ああ……！」

無理もない——僕の後ろでは、もうノーナが地面に倒れ込み、動かなくなってたんだ。

「ノーナ！」

僕を突き飛ばしたベアトリクスさんは、ノーナを抱きかかえる。

あまりにか細く、弱々しい呼吸は、死の淵から蘇《よみがえ》るフェニックスのものとは思えない。

「起きて、起きてよ！　フェニックスがこれくらいでへばるわけないでしょ、ねえ……！」

しりもちをつきつつも立ち上がる僕の後ろから、ジェイスさんが、必死に叫ぶベアトリクスさんのところに近づいてゆく。

彼の目には、いつものおちゃらけた調子も、ふざけた態度もない。

あるのはただ、召喚士を目指すと言いながら召喚獣に無理を強いたベアトリクスさんへの、どうしようもない侮蔑の視線だけだ。

「ジョセフィーヌがぐらつくくらいの攻撃だ。お前が思っているよりもずっと激しい攻撃を、このノーナは繰り出し続けたんだろうよ。自分の体力の限界を無視するほどに、な」

「そ、そんな……」

汗をだらだらと流し、目を泳がせる彼女も、きっと今になって気づいたはずだ。

自分がノーナに何をしでかし、何を強要し、最悪の結果を生み出したのかを。

「ベアトリクス・ランカーバック。お前は確かに、受験者の中では突出した才能と実力がある。ランカーバック家の神童というのも、納得いく」

ジェイスさんはそんな彼女に、吐き捨てるように言った。

「だが、乱暴な力を振るうだけの奴を、俺は召喚士として認めない。ましてや自分の召喚獣の身も案じてやれないような輩は、いいか——召喚士、失格だ」

「……ッ！」

ベアトリクスさんの体が、びくりと大きく震えた。

今まで一度だって受けたことのない怒りの声に、大きなショックを受けたみたいだ。

「ジェイスさん、そんなこと……」

「ほっとけ、ピーター」

彼女をかばおうとした僕を、ブッチが引き留めた。

彼の目もまた、いつものベアトリクスさんを小バカにするものじゃない。

心底呆れたような、どうしようもないわがまま少女への反省を促すような——例えるなら、父親や世話焼きの兄のような目なんだ。

「ベアトリクスみたいな奴は、一度心がぽきっと折れちまった方が、ためになるんだよ。骨が折れてから、元通りになるまでに、もっと硬くなるようにな」

「でも……」

「ウィルマも、そう思います～」

僕も、ウィルマにまでこう言われれば、納得するしかない。

「よし、まずは一人脱落だな。改めて、お前らに試験の内容を伝えるぞ！」

ジェイスさんもベアトリクスさんにこれ以上何かを言おうとはせず、代わりに集まった受験者に向けて、大きな声で告げた。

「試験の制限時間は、明日の正午までだ！　時間を過ぎても、まだジョセフィーヌが倒れてなかったら、その時点で全員が不合格になる！」

彼が話す試験内容は、シンプルだが、想像以上に難しい。

召喚獣フェニックスの攻撃を受けてもピンピンしてるゴーレムを、正攻法で転ばせるなど、技術以前でどうこうできる問題じゃない。

皆も試験の難易度を悟ったらしく、他の受験者とひそひそ話し合ってる。

「そして転ばせるチャンスは、一組につき一回だ！　攻撃の波が止まった時点で一回とカウントしておしまい、それ以上の攻撃は一切許可しないぞ！」

そしてさらに、ひそひそ声は驚愕に変わった。

攻撃できるのはたった一回で、一息つけばおしまい。

つまり、説明も聞かずに何度も攻撃したベアトリクスさんは、ゴーレムを一度で転ばせきれなかった時点で、試験に落ちてたんだ。

彼女が過剰な自信に身を任せ、自分はできると思い込んでる間に、もう試験は終わっていた——あまりにもあっさりと、残酷なまでに早く脱落したんだよ。

「え……じゃ、じゃあ、あたしは……？」

それに今更気づいた彼女が、顔を一層青くする。

「言ったろ、お前のチャンスは終わった。もう帰っていいぞ」

「待って、待ってよ！　あたしはまだやれる、ノーナだってすぐに起き上がるから……」

「呆れたな。自分の召喚獣がどんな状態かも、理解できないのか？」

ジェイスさんに冷たく言い放たれてから、ベアトリクスさんはやっと、ノーナがどうなってるのかを理解したみたいだ。

「ノーナ！」

彼女のフェニックスは、いまや鳥の形をしていなかった。

どんどん小さくなり、最後には火の玉のような姿になって、宙を漂うだけ。

まるで逸話のようだ——死しても卵に戻り、新たな命を授かる、フェニックスの。

「火の玉の姿になったか。姿を維持するほどの力もない証拠だ」

はん、とジェイスさんが彼女を見下ろした。

「俺の見立てじゃあ、そこのフェニックスはもう、炎を吐き出すことすらできやしねえ。休息すりゃあそれなりに回復するだろうが、一日じゃあ無理だな」

実を言うと、召喚獣が本当の意味で『死』を迎えることはほぼない。

現世にいられないほど傷ついた召喚獣は、自らの意思で一時的にアストラル界に戻って、休息することができるんだ。

しかもその間に、向こうから契約も解除できる。

フェニックスが召喚した相手を選ぶというのは、きっと召喚された時に、相手の力量や人間性を見極めるからだね。

「そ、そんな……」

「いいか、召喚獣をこうしたのは、他でもないお前だ。お前の傲慢さと過剰な自信が、一番信頼してる相棒を傷つけたんだよ」

彼の正論が、ベアトリクスさんの心に突き刺さった。

フェニックスに選ばれた彼女の自尊心は、もうずたぼろだった。

「――っ」

声すら出せず、彼女はぎゅっと火の玉を抱きかかえた。

でないと、後悔の念と絶望で、自分が潰れてしまうと言わんばかりに。

一方でジェイスさんは、もうベアトリクスさんに興味がないようだ。

「おいおい、どうした？　受験者諸君、さっさと攻撃しねえと日が暮れるぞ！」

彼の発破で、皆がざわついた。

どう考えてもベアトリクスさんの召喚獣、フェニックスほどの攻撃力はないから物理的な手段を避けようとしていたのに、時間制限まで設けられたんだ。

しかもチャンスは一度だけで、失敗すればそこで終わり。

だが、待っていればチャンスも来ないまま終わり——進路も退路も、絶望的だ。

まだ実戦経験もほとんどない召喚士のたまごがこんな状況に追い詰められれば、思案を捨て、無謀な攻撃に走ってしまうのも無理はない。

「や、やるしかない！」

一人が召喚獣に攻撃させたのをきっかけに、全員が一斉にゴーレムを転ばそうと試み始めた。

「皆で攻撃すれば、ゴーレムも倒れるわよ！」

「いや、他の奴が攻撃した隙を突けばいい！　様子を見ろ！」

ぎゃあぎゃあと叫び、誰もがゴーレムに攻撃する。

噴水広場が受験者と野次馬の騒ぎ声で盛り上がる中、ベアトリクスさんはただうずくまるばかりで、立ち上がろうとも、何をしようともしない。

「あ、あたし……あたし、何を……」

そんな彼女を、誰もリスペクトなどしない。

「おい、邪魔だ！」

「きゃっ！」

受験者に肩を押され、転んだまま、ベアトリクスさんは起き上がろうとしなかった。

「失格者が、いつまでここにいるんだよ！」

「フェニックスを連れて、どっか行きやがれ！」

目の前で、ベアトリクス・ランカーバックがどんな人間かを知ったからだ。

ルールも聞かず、召喚獣に無理を強いて、大事なチャンスを不意にした愚か者。

誰一人として彼女をリスペクトなんてしないし、むしろ誰もが「さっさと帰れ」と言っているかのような目で、彼女を睨んでいた。

「……何で、どうして……」

よろよろと体を起こすベアトリクスさんの目に、涙が浮かぶ。

「おい、ピーター。俺様達も、ゴーレムに攻撃するか？」

彼女を見つめ、ある決意を固めた僕に、ブッチが聞いた。

「ううん、ノーナさんが全力で攻撃しても倒れないゴーレムを、真正面から倒すのは相当難しいと思う。ブッチも、同じ考えでしょ？」

「当たり前だ。おめーも、ゴーレムをぶっ飛ばすなんて言い出したら、俺様がお前をぶん殴って止めてたところだぜ」

「う～ん、ウィルマならどうにかできそうですが～」

「気持ちは嬉しいけど、ウィルマに頼った時点で失格だね」

ゴーレムの対策はまだ思い浮かばない。

「ひとまず、ゴーレムを転ばせるより、やるべきことがあるよ」

でも、僕は何より、ここでじっと立ち止まってるわけにはいかなくなったんだ。

「お、おい？」

驚くブッチをよそに、僕はジェイスさんに歩み寄る。

ゴーレムのジョセフィーヌに攻撃を仕掛けて、失敗して、召喚獣と一緒にとぼとぼと帰る受験者の数は、もう十を軽く超えてる。

次第に攻撃をためらう人も出始めてる中、僕は試験官に声をかけた。

「ジェイセンさん……じゃない、ジェイスさん！」

これからの交渉について考えると、思わずジェイセンさんと呼んでしまう。

それでも、振り返った彼の朗らかな顔を見ると、ちょっとだけ心が落ち着いた。

「どうした、ピーター？　ジョセフィーヌを観察するなり、弱点を探るなりしないと、いくらブッチとのコンビでも合格できねえぞ？」

うん、僕らでも攻略が難しい試練なのは、すごくわかってます。

「言っとくが、お前を気に入ってるからって、特別扱いは……」

僕らと一緒にいたとしても、猶予を与えてくれるわけがないのも知ってます。

だとしても——僕はあなたに、頼み事をしないといけないんです。

「ジェイスさん、お願いです！　ベアトリクスさんに、もう一度チャンスをください！」

——ベアトリクスさんの再受験という、あまりに無茶な頼みを。

「……え……」

彼女がはっと顔を上げたのが、背中越しにわかった。

しかも受験者の皆が攻撃する前に、ぴたりと手を止めた。

「彼女は確かに、大きな過ちを犯したかもしれません！　ジェイスさんから見れば、召喚獣をないがしろにする、ひどい人に見えるかもしれません！」

きっと僕が、わけのわからないことを言い出したのが理由だ。

それでもここで、僕が委縮すれば、ベアトリクスさんはずっと後悔したままになる。

たった一度の失敗で心を砕いて、召喚士の道を閉ざしてしまうのなら、僕は彼女を放っておくなんて絶対にできやしない。

「でも、ベアトリクスさんの本質はそうじゃない！　ノーナのことだって思いやれる、つながりを大事にできる人です！」

だって、彼女は本当は、強くて思いやりのある人に違いないから。

そうじゃなきゃ、ライカンスロープの事件で手伝ってくれたり、試験の開始時間を教えてくれたりなんてしないはずだから。

今日みたいに乱暴な手段に走ったのは、彼女が僕と同じで、まだ見習いの立場で、どうすればいいかなんてわからなかっただけなんだ。

「ただ少し、少しだけ、焦っていただけで、だから……」

「……サンダース……」

ベアトリクスさんが静かに声を出して、少しだけ静寂が訪れた。

「……ったく、ライバルにチャンスをやろうなんて、おかしな奴だぜ」

野次馬ですら黙る状況で、ジェイスさんだけが口を開いた。

「わかった。お前が試験に合格したなら、ランカーバックに再受験の機会をやる。フェニックスが再生するまでの期間も、特別に設けてやる」

よかった、ジェイスさんは認めてくれた。

「あ、ありがとうございます、ジェイスさん——」

「ただし」

でも、僕はすぐに理解した。

ベアトリクスさんにわざわざ攻撃の機会を与えて、己の未熟さを教えたジェイスさんが、素直に再受験のチャンスを与えてくれるわけがないって。

「ピーター、お前がもしも不合格になったなら、受験資格を一年間はく奪する」

彼の提案を聞いて、今度こそ広場に緊張が奔った。

僕だけじゃない、ベアトリクスさんも目を見開いているし、ブッチやウィルマも「まさか」と顔を見合わせてる。

「どの町でも、どの都市でも開催される試験に、一年間参加できなくなる。つまり、お前は一年間、召喚士のたまごでい続けるんだ。それはきっと、サンダース家の歴史でも初めての大失態……汚点に他ならねえだろうな」

身勝手な頼み事をしたわりには無様に試験に落ちて、一年間、ただ国をぶらぶらと旅するだけの愚か者。

そんな結果になってなお、旅を続けるほど、僕は簡単に自分自身を許せない。

僕はきっと家に帰り、召喚士の道を諦める。

一年後には、どうしようもない大バカ者、の烙印《らくいん》が押されているんだから。

「試験に落ちれば、家名と自分自身の名誉を汚すことになる。それでも、やるか？」

でも、それはあくまで試験に落ちた時の話。

ベアトリクスさんの未来を賭けてるんだ、不合格になるなんて絶対許されない。

「――やります」

僕の一言で、広場がしん、と静まり返った。

もう後には戻れないという確かな現実が、僕の背筋を冷や汗になって伝う。

「言ったな。撤回はなしだぞ」

「一度決めた覚悟は、曲げません」

「よし、いいぜ。今回だけ、許可してやる」

ジェイスさんは大きく頷き、周りに聞こえるような大声で言った。

「お前らの中でも、もう一度チャンスが欲しい奴は相談に乗るぞ！　ただし、ピーターと一緒で、失敗すりゃあ一年間はたまごのままだがな！」

誰一人として、僕の後に続く人はいない。

ふざけたたわごと、程度にしか思っていないみたいで、皆、再びゴーレムのジョセフィーヌ目がけて攻撃を再開した。

僕を見ていたジェイスさんも、やがて僕に背を向けて、試験のさまを見つめた。

「誰も手を挙げませんでしたね〜」

「たりめーだ。普通なら、こんなめちゃくちゃな提案、思いつきもしねえよ」

後ろからウィルマとブッチが僕のそばにきて、肩をすくめる。

「俺様だって心底呆れてるんだがな。ふざけたアイデアを思いついて、実行までしてのけるのは、ここにいる大バカ野郎のピーターぐらいだっつーの」

「ごめんね、ブッチ。でも、僕も我慢できなかったんだ」

ブッチに相談なしに無茶をしたのは悪いと思うけど、ああするしかなかった。

「ベアトリクスさんは……本当は、悪い人じゃないって、ブッチもわかるでしょ？」

「わからなくはねえが、それはそれだぞ。第一、お前はあと一日で、フェニックスでも倒せなかったゴーレムを転ばせなきゃいけねえんだ。まずは自分の心配をしやがれ」

「……そうだね」

試験に合格できないというのは、つまり、僕の召喚士の道の終焉《しゅうえん》を意味する。

僕だってわかってる。

でも、今は憔悴《しょうすい》してるベアトリクスさんのケアが最優先だよ。

「ベアトリクスさん、立てる？」

「……うん」

まだ座り込んでる彼女を、ゆっくりと抱き起こす。

目はうつろで、きっと自分の大きな過ちを認められていないんだって、一目でわかる。

「ハッ、別人みてえに素直になりやがって。いつもこうなら、かわいげもあるんだがな」

ブッチの毒舌も、今ばかりはよくないかな。

「ウィルマ」

「は～い、首をゴキっと、いっちゃいますね～」

「わ、わかった、わかった！　茶化して悪かったな！」

ウィルマが骨を鳴らすと、ブッチは慌てて、手と首を横に勢いよく振った。

彼女なら本当に首を折りかねないと知ってるから、ブッチも大分焦ってる。

ただ、内心の焦りでいうなら、僕も同じくらいだよ。

「ひとまず、ベアトリクスさんを送って、宿に帰ろうか。どちらにしても、策がないと、あのゴーレムは倒せないよ」

「……だな」

僕とブッチは頷き合い、ベアトリクスさんとノーナを連れて広場を後にした。

受験者達の失意の声や、悲鳴にも似た叫び声が、背中に刺さって抜けなかった。

第八章

「――とうとう、誰も攻撃しなくなったな」

その日の夜、僕らは宿の一室の窓から、すっかり暗くなった広場を見つめていた。

ジェイスさんの召喚獣、土のゴーレムのジョセフィーヌは、まだ広場に仁王立ちしてる。

でも、もう誰も試験に挑んでなんかいない。

「誰がどれだけダメージを与えても、すぐに再生するんだ。攻撃そのものが無駄だって気づいた人も、多いみたいだね」

というのも、試験にはもう、ほとんどの人が脱落してた。

「本当に、とんでもないタフさでしたね～」

「ゴーレム族は、もともと高い耐久力を誇るんだ。でも……」

僕がベアトリクスさんを宿に送ってから、もう一度広場を見に行った時には、試験会場は失敗と後悔の渦に満ち満ちていた。

『ケンタウロスの脚力なら、足をへし折れるだろ！』

例えば、召喚獣ケンタウロスのキックによる挑戦。

半人半馬の召喚獣の蹴りは、一撃で木材を砕き折るほどの威力がある。

『わあああ！　俺の脚が、折れたああああああ!?』

今回折れたのはケンタウロスの脚の方で、早々に診療所へと担ぎ込まれていった。

召喚獣専門の診療所がモルデカにも普及してて、本当によかったと思う――特に今日は、患者さんが山のように来てるだろうし。

『くらいなさい、オルトロスのタックルよ！』

例えば、一対の頭を持つ猟犬――召喚獣オルトロスの突進。

休む間もなく突撃し続け、スタミナ勝負に持ち込もうとした。

『ぜえ、ぜえ……もうダメ、ギブ……』

今回はジョセフィーヌが転ぶ前に、オルトロスが疲労の限界で転んでしまった。

こんな調子で、僕が宿に戻ろうとする頃には、もうほとんどの召喚士と召喚獣のコンビが脱落するか、もしくは諦めてリタイアしてた。

きっと、残っているのは僕含めて、あと数組程度だ。

「まさかあそこまで頑丈だなんて、誰も予想してなかっただろうね」

「どいつもこいつも、必死だったくせに、夜を跨《また》ぐ奴がいねえとはな。ま、大方の連中が諦めたんだろうがな」

「いつまでも倒れない、負けない相手を負かせることほど、難しいこともないよ」

「で、問題は俺様達も、あれを倒さないといけねえってところだ」

そして僕らも、決して関係のない話じゃない。

むしろ当事者として、早急にゴーレムの対策を練らなきゃいけないんだから。

「ブッチの最大威力の魔法なら、転ばせられないかな？」

「転ばすどころか、まとめて消し炭にしちまうな。おまけにピーター、お前の魔力もスカスカになってぶっ倒れて、二度と目覚めなくなる」

「そのプランはナシだね。水属性の魔法は、土のゴーレムに効果てきめんだと思うけど……」

「ジェイセン、いや、ジェイスとゴーレムの話を聞いてたか？　ご褒美に水浴びまでさせてもらえる奴に、とても水が効くとは思えねえよ」

言われてみれば、水を操る召喚獣ウンディーネが、水をジョセフィーヌに浴びせかけてたように覚えてる。

結果はどうかって？

ウンディーネの力がスカスカになっても、あのゴーレムは立ち続けてたよ。

そもそも、フェニックスの炎ですら転ばなかった相手を、魔法やそれに類似する力で倒そうとするのは、よほど至難の業に違いないね。

「何より、挑める機会は一度だけだ。ゴーレムを再起不能にしねえ程度に、なおかつ転ばせるとなると、相当難しいぜ」

「倒すんじゃなく、試験に合格する、か……」

「ったく、強過ぎるってのも、困りものだな」

僕とブッチの目が合う。

「「う〜ん……」」

息を合わせたように、腕を組んで頭をひねる。

まるで僕に弟ができたような、新しい兄ができたような気分だよ。

「これ以上、頭をひねっても何も出ねえなら、いっそ寝ちまうってのも手だ」

半ばヤケクソ気味に、ブッチがぱちん、と指を鳴らす。

「で、明日は広場に行って、ゴーレムがくたばらねえのを祈って俺様の究極魔法『ラスト・キャット・ワールド』を放つ！　これしかないだろ！」

「それって、どんな魔法なの？」

「手のひらから魔力の限界圧縮体を放つ魔法だ。触れたものは魔力と空間のはざまで発生する爆発的な破壊に巻き込まれて、塵すら残らねえよ」

「もうちょっと、マイルドな魔法にしておこうね……」

こんな気分で出てくるプランなんて、危険極まりないか無謀かの、どちらかだよ。

ブッチが危ない目に遭う作戦は、特に絶対NGだ。

「やっぱり、少しずつ魔法の威力を高めて、絶え間なく攻撃するしかなさそうだ」

「構わねえが、ピーター、お前が体力切れで倒れる可能性が高いぜ？」

僕ならたくさんの魔力があるから、多少の無茶は利くと思って作戦を立ててみた。

でも、ブッチが呆れた調子で首を振った。

「お前の中にある魔力は確かに莫大だが、子供の肉体が、それに追いついてねえ。魔力を渡すのも体力を使うんだ、俺様に魔力を供給し続ければ、下手すりゃお陀仏《だぶつ》だぞ」

「今まで、そんなこと一度もなかったよ？」

「俺様が制御してやってたからだ」

「でも、ベアトリクスさんのためにも、いざとなったら……」

僕が勝手にベアトリクスさんの未来を背負った以上、失敗は許されない。

だから、無茶にならない程度のリスクは背負わなきゃいけない、と言おうとした時だった。

「——あたしのために、なんて押しつけがましいこと、言ってんじゃないわよ」

ドアが乱暴に開き、ベアトリクスさんが部屋に入ってきた。

「ベアトリクスさん！」

相も変わらず強気な物言いだけど、目の下は真っ赤で、何度も擦《こす》った痕がある。

赤く長い髪は、いつもはサイドテールで纏めているのに、今はぼさぼさで、きっと何度も掻きむしったんだ。

僕らと別れてから何があったのか、想像に難くない。

「その日……」

「何よ、あたしの目がどうなってようが、あんたには関係ないでしょうが」

『ベティ』

「う……」

ノーナにたしなめられて、ベアトリクスさんはばつが悪そうに肩を落とす。

会話ができるようになったとはいえ、まだ火の玉の姿のままだ。

「ノーナさんも、無事だったんですね！」

『本来の姿にはまだ戻れないけれど、火の玉でならこちらの世界に居続けられるわ。ピーター君、ブッチさん、ウィルマさん……心配させてごめんなさい』

「いえ、そんな……ノーナさんが元気なのが、何よりです」

はた目から見てもアストラル界に戻りかねないほどの疲労だったし、こうして話ができるほど回復したなら、それが一番だよ。

「ところで、どうして俺様達の部屋に来たんだ？」

ブッチに問われて、ノーナが答えた。

『それは、ベティが話してくれるわ』

「………」

『今話さないと、ずっと後悔するわよ』

「わ、わかってる！　わかってるから、ちょっとだけ待って！」

ノーナに、いつもより少しきつい声で急かされ、ベアトリクスさんが慌てる。

「すぅ、はぁ……」

深く息を吸って、吐いて、彼女は――。

「――ごめんなさいっ！」

初めて聞く謝罪の声と共に、深く、深く頭を下げた。

僕らが目を丸くする中、顔を上げた彼女の目には、涙が浮かんでいた。

「あたし、バカだった！　ノーナの力を自分の力だって勘違いして、何でもできるって思い込んで……ノーナに無理をさせてたの！　サンダースにもひどいこと言ったし、それに、それに……本当に、ごめんなさい！」

一呼吸の間に自分が感じている罪を、ベアトリクスさんはすべて吐露する。

僕に対して、何より召喚獣であるノーナに対して。

ずっと前に知らなきゃいけなかった後悔と反省を、今、心から謝ってるんだ。

「僕は気にしてないよ、ベアトリクスさん」

こっちはともかく、ノーナへの想いがあるなら、僕はちっとも気にしない。

一方でブッチはというと、黒い尻尾を揺らして、ちょっぴり意地悪な笑みを浮かべてる。

「ケケケ、その様子だと大分こたえたみたいだな？」

『宿に戻ってから、この子ったら、ずっと泣いて謝ったの。私が戻ってこなかったらどうしよう、取り返しのつかないことをしてしまったって……目が赤く腫れるくらいにね』

「だって……」

ベアトリクスさんの言葉を、ノーナがふわふわと浮いて遮る。

『でも、一つだけ訂正させてちょうだい。ベティが傲慢になったのは、彼女だけが原因じゃないのよ』

「と、いうと？」

『昔から両親に愛されて、才能にも恵まれて、失敗も挫折も一度も味わわなかった。やることなすことすべてが成功するこの子を、私も家族も、神童だと確信したわ』

彼女には悪いけど、僕はなるほど、と納得してしまった。

そうでもなきゃ、初対面の人に決闘なんて申し込まないだろうしね。

『だから、今日、彼女は初めて失敗を知ったの。その辛さは、私にも責任がある』

「もっと厳しく育ててやりゃあよかったって、後悔か？」

『違うわ。失敗を乗り越える勇気を、私が教えなかったのよ』

ノーナが僕の方まで漂ってきて、くるくると辺りを回る。

ちょっぴり温かいのに熱く感じないのは、フェニックスの力だろうか。

『彼女は紛れもない才覚の持ち主、召喚士として抜きんでた実力の持ち主よ。その才能に、きっと私も甘えていたのよ。彼女なら、何でもできると思い込んでいたの』

「そうじゃない！　あたしが、ノーナをずっと、ないがしろにしてたのよ！」

彼女の優しい声を聞いて、ベアトリクスさんが声を荒らげた。

「自分は天才だって、ノーナの力を借りれば無敵だって思ってた！　ノーナを道具みたいに扱って、召喚士なら本当は、相棒にならなきゃいけないのに！」

初めて出会って二日の間、ベアトリクスさんが声を張り上げるのは、僕に決闘を申し込むか、ブッチと言い合いをしてる時だけだった。

だけど、今は違う。

彼女が誰よりも責めているのは、自分自身だ。

だから、他の誰にぶつける声よりも鋭くて、大きな怒りに満ちてるんだ。

「ジェイスの言う通りよ……あたしは、召喚士失格だわ……！」

そのうち、彼女はもう一度うつむき、拳を爪が食い込むほど強く握りしめる。

「もう、どうにもならない……今のあたしには、何もないもの……！」

怒りでも、悲しみでもない、諦めに近い感情。

もう、ベアトリクスさんは試験を受けようなんて思っちゃいないし、このままじゃ召喚士になることすら諦めてしまうはずだ。

そんなの、放っておけるわけがない。

ブッチと顔を見合わせ、僕らの考えが同じだって再確認してから、僕は言った。

「……ベアトリクスさん。あなたにあって、僕にないものって、わかりますか？」

ベアトリクスさんが、ぐしゃぐしゃの顔を上げた。

涙と鼻水まみれの顔を見ても、ブッチは笑わないし、ウィルマも動じない。

二人もきっと、彼女に夢を諦めてほしいなんて、思っちゃいないからだ。

「何よ、それ。今のあたしに、あんたより優れてるところなんてないの！」

「ううん、あるんです。ベアトリクスさんには、あるんです」

「ないわよ、あたしには！　あるって思い込んでただけだわ！」

喉が潰れかねない声で、ぼろぼろと大粒の涙をこぼして、宿の外に聞こえんばかりの大声でベアトリクスさんが喚く。

「だからノーナを傷つけたし、見下してた他の見習い連中にも無様を晒した！　あんただけよ、あたしをバカにしなかったのは……その理由が、まだわからないのよ！」

「わからない理由が、僕がベアトリクスさんを尊敬する理由です」

彼女だからこそ、知ってほしい。

あなただけが知らない、あなたの一番素敵なところを。

「だって、あなたは持ってるじゃないですか。いつだって自分を信じられる、強い心が」

そうだ――ベアトリクスさん。

あなたは初めて会った時から、迷いなく自分を信じられてるじゃないか！

「……っ！」

彼女の涙が止まった。

ノーナも表情は見えないけれど、驚いてるみたいで、揺れるのをやめた。

「僕はブッチと出会うまで、自分を信じられませんでした」

正直に言うと、僕自身も話したいことかといえば、ちょっと怪しい。

自分の夢もなく、誰かの期待に縋ってばかりの、あの頃のピーター・サンダースを思い出すと、自分でもがっかりしちゃうから。

「立派な兄がいて、家族がいて……誇りに思っていたけど、自分は皆の期待に応えられるか、いつでも不安でした。正直、自分のために生きるって決めた今だって、まだ不安です」

こんな僕にとって、ベアトリクスさんがどれほど眩《まぶ》しかったか。

「でも、ベアトリクスさんは違います。前向きで、明るくて、胸を張っていました。そんなあなたに、僕も知らない間に、自信と勇気をもらっていたんです」

いきなり決闘を申し込まれたのはびっくりしたけど、それを差し引いたって、彼女の強さとひたむきさ、前向きさに、きっと背中を押されてたんだ。

そんな人が自信を失い、辛い顔をしているなら、僕はちゃんと教えてあげたい。

「それはきっと……誰にでもできることじゃない、素敵なことです」

ベアトリクス・ランカーバックは素晴らしい人だって。

きっと、僕よりもすごい召喚士になれる――ノーナと一緒になれる人だって。

しばらくの沈黙の後、口を開いたのはベアトリクスさんの方だった。

「……あんた、すごいわよ」

初めて、僕を褒める言葉だった。

二度目かもしれないのに、はっきりと聞けたのは初めてだ。

「あたしはあんたを、ずっとサンダース家の人間としか見てなかったのに。あんたはあたしを、ベアトリクス・ランカーバックとして見てくれてたなんて」

「ベアトリクスさん……」

「ねえ、サンダース、ううん、ピーター。あたし、あんたに合格してほしい」

「そりゃそうだろ。こいつが合格しねえと、お前が不合格のままなんだからな」

ブッチが肩をすくめると、ベアトリクスさんが否定するように首を振った。

「違うわよ。あたしの合否なんて関係ない、ピーターという人間に、召喚士になってほしいのよ。こんなあたしを、まっすぐ見つめてくれる彼こそ、召喚士の鑑《かがみ》だから」

もう、その目に傲慢さも苛立ちも、自らへの失望もない。

ベアトリクス・ランカーバックは、確かに今、召喚士見習いになれたんだ。

『……成長したわね、ベティ。他人を認めなかった貴女の、大きな一歩よ』

「大丈夫だよ、僕は必ず合格する。そして、ベアトリクスさんのチャンスも掴み取る」

僕がそう言うと、彼女はにっと笑った。

「さん、なんてつけなくてもいいわよ。同年代だし、ベアトリクスでいいわ」

「わかった。よろしくね、ベアトリクス！」

ぎゅっと握手すると、ベアトリクスの手のひらの熱が伝わってくる。

初めて知った彼女の温かさに、思わず僕も、歯を見せて笑顔を返した。

「ケッ。和解したのはいいが、本題はちっとも解決してねえぞ？」

ただ、ブッチの言う通り、宿の外からうっすらと見える巨大なジョセフィーヌを転倒させる手段は、まだ見つかっちゃいない。

「あの大きなゴーレムを転ばせる方法は、ぜ～んぜん思い浮かびませんね～。このままじゃあ、夜が明けちゃいますよ～」

「そ、そうだね……」

おまけに夜が明けるまではほとんど時間がないし、お昼には試験が終わる。

そうなる前に、ここにいる三人と二体の頭を絞り出すほどにひねって、対策を考えなきゃいけないんだ。

『ウィルマさん、もしもこれが戦いなら、どこを狙いますか？』

「う～ん……同じサイズの相手か、少し大きな敵を狙うなら、まずは足を蹴りで潰します～。次いで姿勢が崩れたところで利き腕を壊して～、眼球を破壊して視界を奪います～」

「あ、あんた、それって経験談とかじゃないわよね？」

「どうでしょう、うふふ～」

にこにこと笑うウィルマに、ベアトリクスがちょっぴり引いてる。

言わない方がいいのかな——彼女の発言は、ほぼ経験に基づいてるって。

「ゴーレム相手には、通用しそうにねえな。俺様の魔法で足を狙って、一撃で仕留めるか？」

「僕達の挙動なんて、ジェイスさんは簡単に見抜くと思う。ゴーレムは攻撃を受ける場所に石を移動させて、集中的に防御力を高められるって、本で読んだことがあるよ」

「受験者の一人も、それで攻撃を防がれてたな……じゃ、このプランはダメか」

確か、ケンタウロスの蹴りをガードした時、ゴーレムは自分の石を一部に集めて厚さを増し、強烈な防御力を手に入れてた。

こっちがどれだけの破壊力を持つ魔法を撃っても、弾かれる可能性がある。

どうにもこうにも、作戦会議が進展せず、ベアトリクスが大きなため息をついた。

「ああ、もう、八方塞がりじゃない！　炎の攻撃が効かないなら、ノーナのくちばしで突いて削ってやればよかったわ！」

『得意技よりも効果のない攻撃じゃあ、どうしようもないわね』

「だいたい、見たところあいつの素材は普通と違うしな。石よりずっと固いぜ」

ブッチもいいアイデアが浮かばないみたいで、天井を仰ぎ見る。

まあ、何も対策が出てこないのは、僕も同じだよ。

「ありゃあアストラル界でも見た覚えがあるな。爪とぎにぴったりの石だ」

ははは、爪とぎにぴったりの石なんて言ったら、ジョセフィーヌが悲しい顔をしそうだね。

もしもブッチが町中の猫に、爪とぎの素材って吹聴すれば、どれだけ――。

「……爪とぎ？」

――爪を研ぐ？

――削る？

不意に、僕の頭の中で、ひらめきの電球に明かりがついた。

皆がまだ「どうしたものか」と唸っている中、僕はブッチに聞いた。

「ブッチ、山賊に扮したメイドさんとの戦いを覚えてる？」

「どうしたんだ、急に？　俺様の魔法が炸裂して、お前を助けた――あっ」

ああ、やっぱり、ブッチは僕の相棒だ。

すべてを聞かなくたって、たった一つの質問で、僕の考えを察してくれるんだもの。

「うん、そうだよ！　僕らが転ばせる必要なんてないんだ！」

僕とブッチが指と爪の先を合わせて、興奮で胸を高鳴らせる。

「そりゃそうだ！　俺様が攻撃して、ゴーレムを消し飛ばす心配もねえし、ピーターがへばって倒れるリスクもねえ！」

「これならいけるね、ブッチ！」

「間違いねえ、サイコーのプランじゃねえか、ピーター！」

そうしてどんどんテンションが上がっていくのを、皆はただ見てるばかり。

「……ねえ、あの二人、何の話をしてるの？」

「さっぱりです～」

『きっと、絆《きずな》で結ばれた二人にだけ伝わる言葉なのね』

ああ、そうとも。

ノーナの言うように、僕らには決して切れない強い絆がある。

最初はダメな召喚士とやる気のない召喚獣、次いで弟子と師匠、そして今は何物にも代えがたいつながりを得た相棒同士になった。

その成果のすべてを、明日、皆の前で見せるんだ！

「よし、作戦はできた！」

「思いっきりかましてやろうぜ！」

拳をこつん、とぶつけて、僕とブッチは笑った。

とっても似た笑顔の理由は、やっぱりわかってる。

明日の銅等級試験、不合格になるわけがないって、確信したからね！

◇◇◇◇◇◇◇◇◇◇◇

夜が明けてすぐ、僕らは昨日と同じように、噴水広場にやって来た。

「お待たせしました、ジェイスさん、ジョセフィーヌ」

僕が声をかけると、相変わらず広場に仁王立ちするゴーレムのジョセフィーヌと、腕を組んだジェイスさんが僕らに気づいてくれた。

「やっと来たな、ピーター、ブッチ！」

『逃ゲナカッタンダネ。チイサイノニ、勇気ガアルヨ』

愛らしい声も変わらないけど、唯一この広場で変わったところがある。

もう時間もないというのに、周りにいる召喚士見習いらしい人は、誰もゴーレムに攻撃を仕掛けようとしないんだ。

「あれ、他の受験者はどうしたんです？」

僕が聞くと、ジェイスさんは失望したような顔で、頭をぼりぼりと掻いた。

「どうしたもこうしたも、全員脱落したぜ。今朝も何人か挑んできたが、ジョセフィーヌを転ばせるなんて到底できなかったな」

ああ、そうか。

いくら召喚獣を携えていても、周りにいる人はもう受験者じゃなく、ジェイスさんからしてみれば群衆の一部に過ぎないんだ。

逆に言えば、それくらい難易度の高い試験だってのは、やっぱり間違いない。

「さしずめ、一撃の破壊力が足りなかったってとこか？」

「というより、持続力だな。転ばせる前に召喚獣がへばっちまうのが、ほとんどだ」

ジェイスさんが、僕を試すように見下ろす。

「残ってるのはお前だけだ。さて、どんな策を披露してくれるのか、見せてくれ」

もう、時間は待ってくれない。

昨日の夜、考えついた作戦を、僕の中にある力をありったけぶつけるだけだ。

「……わかりました。行こう、ブッチ」

「おう、かましてやるぜ、ピーター」

互いに頷き合い、僕とブッチは――手をつないだ。

尻尾じゃない、肉球と手のひらだ。

「ねえ、あれ……ピーターとブッチ、尻尾じゃなくて……」

「手を握ってます。あんなの、ウィルマも初めて見ました」

ベアトリクスやウィルマ、群衆のざわめきが遠く聞こえる。

体の内側から湧き上がる感覚を、僕らだけの世界に閉じ込めて、分かち合う。

「手を握るのは、僕がブッチにありったけの魔力を送る時です。最高ランクの魔法を発動させるなら、尻尾よりも、手をつないだ方が供給効率がいいんです」

こんなのは建前だ。

本気を出すんだって、自分に言い聞かせてスイッチを入れるだけだ。

真の理由は、ただ一つ。

「それだけが理由じゃねえだろ？」

「そうだね——僕の、僕らの友情の力を使うなら、手をつなぐ方が、ずっといい！」

僕とブッチの、絶対に切れない絆を確かめる——最良で最高の手段って知ってるから！

「「おおおおおおッ！」」

僕らが胸の奥から声を張り上げると、髪の毛が逆立った。

ブッチも尻尾の先まで毛が天を向き、くりくりの瞳の黒点が細くなる。

魔力が迸り、炎の如く揺らめくさまを見た誰もが驚いてるのは、周囲のリアクションに目を向けずとも、声だけで確かにわかった。

「おっと、こりゃすげえな……魔力を可視化できるなんざ、並の魔法士よりずっと強い魔法の証拠じゃねえか……！」

「あれだけの力を使って放つ魔法って、どんなものなの⁉」

『わからないわ。でも、こけおどしじゃないのは確かよ』

大丈夫だよ、すぐにわかる。

僕の魔力とブッチの魔法、二つが重なったミラクルな力。

「ジェイス、ゴーレムにも見せてやるよ！　俺様とピーターの、必殺の魔法――」

無意識に重なった声を一層大きくして、僕らは魔法の名を叫んだ。

「「――最大猫魔法『キャッツ・ザ・オーバーラン』！」」

モルデカの隅から隅まで行き渡るんじゃないかってほど大きな声をきっかけに、僕とブッチを包んでいた魔力のオーラは消えた。

残ったのは、手をつないだままの僕らと、群衆と、ゴーレムだけだ。

「……ん？」

『何モ、起キナイネ』

無言と静寂は、少しずつどよめきと混乱に変わる。

「ど、どうなってんのよ⁉　あんた達、最強の魔法を使ったんじゃないの⁉」

まさか失敗したのか、こけおどしなんじゃないかと、他の受験者は口々に話し合ってる。

でも、僕らが何をしたのか、わかる人はもう気づいてるんじゃないかな。

「……いえ、確かに魔法は発動しているみたいですね～」

「えっ⁉」

ウィルマが耳に手を当てると、誰もが彼女の真似をする。

『耳を傾けてみなさい、ベティ。聞こえるでしょう？』

「聞こえるって、何が……あっ！」

ベアトリクスも同じ格好をして、やっと悟ったみたいだ。

彼女だけじゃなく、噴水広場にいるすべての人と召喚獣が、僕らが一体何をしでかしたのかを、これから見るんだ。

「ジェイスさん！　これが僕の、僕達の必殺技です！」

「聞いて驚け、見てもっぺん驚きやがれ！」

皆の耳に届いていたのは、それが駆けてくる音。

足音が鳴き声に変わった時、その場にいたありとあらゆる生き物が驚いた。

「「にゃあああああーっ！」」

猫。

猫、猫。

猫、猫、猫、猫！

広場に続くすべての道、通路、穴、何もかもから一斉に飛び出してきたのは、とても数えきれない数の猫だ！

「お、おお、おおおっ⁉」

「何よあれ⁉　猫、猫、とんでもない数の猫ぉ⁉」

猫の波が押し寄せて、足元をすり抜けてゆく中、ブッチが自慢げに胸を張った。

「俺様の魔法で、あらゆるところから呼び寄せた猫だ！　百匹、二百匹で終わると思うなよ、俺様とピーターの力が続く限り、無限に呼び寄せ続けるぜ！」

この猫は、山賊に扮したメイドを助ける時に使った魔法『キャット・ピラー』の強化版だ。

モルデカの町の中から呼び寄せるだけじゃなく、別空間同士をつなげる魔法で、近隣の町や少し離れたところ、まったく知らないところからも猫を呼び寄せる。

三毛、ブチ、白黒、何だか変な模様。

世界中に存在するほぼすべての種類がいるんじゃないか、って錯覚するほどの数の猫は、まだまだ、どんどん増えてゆく。

「あらあら～、壁の隙間や、戸の間からも出てきますね～」

『愛らしいけれど、ここまで来ると、少し怖くもあるわね……』

もっとも、ベアトリクスが若干引くほどの数の猫が来ても、ジェイスさんは動じない。

「こいつでどうするってんだ？　はっきり言っとくが、この数の猫じゃあ、ジョセフィーヌは転ばないぞ？　こうしてつまみ上げてやりゃあ、大したこともないしな」

猫を一匹捕まえたジェイスさんは、どうやら僕らが何をするか、わかっちゃいない。

正確に言えば、ブッチが猫達に吹き込んだことを、まったく察していないみたい。

「ジェイスさん。僕もブッチも、力技で押し切る気はありませんよ」

「そもそも、攻撃する気すらねえぜ！　だって俺様達は、猫にすべてを任せるだけでいいんだからな！」

「そりゃあ、どういう……」

一応言っておくと、考えてる暇なんてないよ。

だってもう、猫達は自分たちの欲望の赴くまま、動き始めてるんだから。

『……ジェイス……！』

ジョセフィーヌのか細い声で、ジェイスさんは振り向いた。

そして、無数の猫が彼女に群がって、何をしているのかを理解した。

「マジか⁉　猫が、ジョセフィーヌの足で爪とぎしてやがる⁉」

そう――猫達がゴーレムの足の石を使って、爪を研いでるんだ。

これが僕とブッチの作戦。

絶え間なく猫達に爪とぎをさせて、ゴーレムを転ばせる作戦だよ。

「普通の石と違って、召喚獣ゴーレムの体は爪とぎにぴったりの材質だって、俺様は見抜いたからな！　それを猫達に教えてやりゃあ、どいつもこいつも試したがるもんさ！」

昨日の間に、ゴーレムはその種類ごとに石が違っていて、どんな状況で呼び出されても、その性質は変わらないとブッチは教えてくれた。

そして八百年生きたケットシー族は、見ただけでゴーレムの構成された素材を見抜くほどの知識と、猫達すべてに意思を伝達する力を持ってる。

例えるなら、剣士の前に素晴らしい剣を置いてるようなものだ。

そんなの、誰だって使い勝手を試したくなるよね。

「もちろん、お前らは転ばないように再生するだろ？　でもな、再生すればするほど、猫は集まって、体中で爪とぎしようとするんだぜ！」

「そうなれば、防御する余裕も、再生する余裕もありません！」

僕らが説明している間にも、猫は夢中で爪を研ぐ。

その間にも、ジョセフィーヌの足はちょっとずつ細くなってゆく。

どうにか再生しようと試みてるみたいだけど、明らかに間に合っていない。

「「にゃにゃにゃにゃーっ！」」

もふもふの猫が集まる光景は、普通だったら微笑ましいのに、試験官であるジェイスさんからすればたまったものじゃないだろうね。

「おっと、こりゃ相当マズいな！　ジョセフィーヌ、猫を蹴っ飛ばしてやれ！」

もちろん、猫を蹴り飛ばしたり、殴ったりすればすぐに追い払える。

もっとも僕らは、そんな心配を微塵もしちゃいない。

「ほ～う？　かわいい猫ちゃんを傷つけるなんて、できるのかぁ～？」

ブッチの言う通り、ジョセフィーヌは猫に乱暴できるような召喚獣じゃない。

内気で心優しい彼女の性格を利用するのは気が引けても、実際のところ、彼女はずっとおろおろとうろたえてるばかりなんだ。

『ダ、ダメダヨ、猫ヲ蹴ルナンテ、カワイソウ……！』

「言ってる場合かーっ⁉」

ジェイスさんが猛烈にツッコんでる間にも、ゴーレムがグラグラと揺れ始める。

誰一人として動かせなかったジョセフィーヌが、あと少しでしりもちをつく。

「もうちょっとだ、もうちょっとで転ぶ！」

握りしめた手に、熱が宿る。

心臓の奥がアツくなって、前のめりになる。

「まだいけるか、ピーター！」

「君となら、どこにだって行けるよ、ブッチ！」

「そういう意味じゃねえよ！　でも、俺様も同じだぜ！」

そうだ、僕とブッチならどこにだって行ける。

何だってできる。

銀等級召喚士の召喚獣を転ばせるなんて――できないわけがない！

「「転べえええええっ！」」

二人の声が重なって、広場に響いた。

そしてついに、ゴーレムがぐらりと揺らいだ。

『キャッ……！』

「うおっ……！」

ジェイスさんが息を呑むのと同時に、猫が一斉にジョセフィーヌから離れて、ずしーん、と信じられないほど大きな音が広場に轟く。

もうもうと立ち込める砂埃《すなぼこり》が少しずつ晴れてゆくと、そこには一つの結果が残っていた。

その高さはもう、天に届くほどじゃない。

すっかり細くなった足じゃあ、立っていられない。

「……ゴーレムが、転んだ……」

ジョセフィーヌは自分を支えきれず、お尻が噴水を押し潰していた。

「と、いうことは……！」

僕らが手を離すと、ベアトリクスや他の受験者の視線が集まる。

「……はあ、召喚獣じゃなく、まさかただの猫にしてやられるとはな。俺も何度も試験を担当してきたが、召喚獣の攻撃以外の……こんなやられ方は初めてだぜ」

ジェイスさんも、僕らをじっと見つめていた。

そして、ギザギザの歯で、にっこりと笑って告げた。

「だが、召喚士と召喚獣の力には間違いねえな――お前ら、合格だ」

――銅等級召喚士の試験に、僕らが合格した、って。

「「うおおおおーっ！」」

次の瞬間、とんでもない歓声が湧き上がった。

僕らの周りにいる、受験者に野次馬、町中の人々が僕らを祝ってくれているんだ。

「すっげえ、ケットシーがあんな力を持ってるなんて！」

「あのゴーレムが転ぶとか、信じられないわ！」

「さすがはサンダース家の生まれだな！　正直、見直したよ！」

僕らに喧嘩を吹っかけてきた人も、期待していなかった人も。

信じてくれていた人も、宿屋の夫婦も、洗濯物を拾った人も。

誰も彼もが、僕らの合格を祝福してくれているのが信じられなくて、なんだか瞳の奥から涙がこぼれそうになってくる。

「チッ。最初はガキだ何だって言ってたくせに、手のひら返すのが早い連中だぜ」

もっとも、ブッチはやっぱり、いつもの皮肉屋っぷりを披露してたけど。

「お前らも、ご苦労さんだったな。帰っていいぞ」

「「にゃー」」

彼の命令で猫が広場から出て行くのを見つめながら、ジェイスさんが言った。

「さて、ピーター。お前は受験者の中で唯一、ジョセフィーヌを転ばせたな。俺が出した試練を、見事クリアしてみせたわけだ」

オールバックの試験官がポケットから取り出したのは、盾の形のバッジ。

それを僕の胸元につけて、彼はもう一度笑った。

「おめでとう。君はたった今、この瞬間、『銅五等級召喚士』になった」

胸にずっしりと感じる重みは、召喚士の責任と名誉、どっちだろうか。

どちらにしても、僕がこれを手に入れるには、少しだけ早い。

「ありがとうございます、ジェイスさん。でも、まだ僕は、この資格を受け取れません」

僕が言うと、ジェイスさんは目の端をわずかに吊り上げた。

「どうしてだ？　猫に頼ったのに負い目を感じてるのなら、召喚獣の力を使ったんだ。誰も責めやしないぜ」

「いいえ、違います。僕は、僕だけの力で試験に合格したんじゃありません」

ジェイスさんだけじゃなく、ここにいる皆に伝えなきゃいけないんだ。

ベアトリクスが誤解されたまま終わるなんて、あっちゃいけないんだ。

「昨日の夜、僕にヒントをくれたのは、そこのベアトリクス・ランカーバックです。だから……約束した通り、彼女に試験を受ける権利をください。僕が資格を受け取れるのは、ベアトリクスがもう一度挑戦してからです」

僕の望みは、ベアトリクスの再試験だ。

試験を受ける前からの約束を聞いて、ジェイスさんがこめかみに指をあてる。

「はあ……お前にゃ負けたよ。だがな、再チャレンジの必要はねぇよ」

ところが、返ってきたのは予想外の返事だった。

ジェイスさんは約束を守ると思っていたのに、チャレンジする機会を与えないなんて、あんまりな仕打ちじゃないか。

「そんな！　ジェイスさん、約束が違います！」

「いいのよ、ピーター。あんたが合格しただけで、あたしは満足だから」

憤慨《ふんがい》する僕の後ろから、ベアトリクスの声が聞こえた。

振り返ると、彼女はどこかすっきりしたような顔で、手を後ろに回してた。

「それに、試験は一度きりってわけじゃないんだし、モルデカ以外の町でも開催されるわ。次こそ試験をクリアして、召喚士になってみせるから」

「でも……」

「おいおいおいおい、早合点が過ぎるぜ、ちびっ子ども！」

どうにかジェイスさんを説得する、と言う前に、ジェイスさんが僕の肩を掴んでぐるりと自分に向かい合わせてきた。

「いいか、そこのベアトリクスは、今回の受験者の中で一番、ゴーレムを転ばせるのに近い力を持っていた。単純な力だけなら、並の銅等級召喚士以上だ」

ジェイスさんの口ぶりは、ジェイセンと名乗っていた頃のおちゃらけたものでも、不合格を言い渡した時の冷たいものでもない。

どこか我が子を諭すような、温かいものだ。

「俺が不合格にしたのは、召喚獣をないがしろにする傲慢さと、世間知らずからくる無謀さが理由だ。ピーターが合格したところで、こいつがそのままなら、俺は約束を反故にしても、試験を受けさせるつもりはなかった」

だんだん、僕にもジェイスさんの真意が伝わってきた。

この人はただ、ベアトリクスに試験を受けさせないというわけじゃない。

「だが、こいつはひと晩で生まれ変わった。ライバルに助言をするほどにな。それだけの人格者になった奴に、何を試させる必要があるんだ?」

「……それって」

「ああ、そうだ」

すべてを理解した時、ジェイスさんが親指を立てて告げた。

「ベアトリクス・ランカーバック。銅五等級召喚士試験の合格を、言い渡す」

一度不合格になった――ベアトリクスの合格を。

彼の宣言は、僕が合格した時よりもずっと大きなどよめきを、広場中に伝播させた。

周りの声に耳を傾けると、「試験を受けないで合格したのは初めてだ」とか「ジェイス・ダン・ガルセンの試験で二人の合格者はいなかった」とか聞こえてくる。

どうやら誰にとっても、もちろん僕にとっても、ベアトリクスの合格は予想外の事態みたい。

だって、本来ならもう一度試験を受けるはずなんだから、そこをすっとばして合格扱いにするなんて、召喚士試験じゃなくたってびっくりするさ。

何より、彼女がこの結果に驚いてるしね。

「い、いいんですか⁉」

いつもの気丈な様子も捨てて、目を丸くするベアトリクスに、ジェイスさんが頷く。

「試験を任された召喚士として、二言はねえよ。それに、周りの奴を見てみろ。ベアトリクスの合格に異論を出す奴は、誰もいないだろ？」

言われるがまま辺りを見回したベアトリクスは、はっと気づいたみたい。

昨日、自分をねめつけていた視線がすべて、賞賛に変わっていると。

そうしてやっと、僕はジェイスさんの考えの理由を悟った。

「ジェイスさんの言う通りだ。皆、わかってたんだよ」

ベアトリクスが冷たくあしらわれていた理由は、召喚獣を顧《かえり》みない傲慢さだけだって。

力は誰もが認めるほど強く、才能にだって溢れてる。

——思いやりさえあれば、何よりも人々が尊敬する、偉大な召喚士になれる人だってね。

「……あたし、なったの？　召喚士に、なれたの？」

ふるふると唇を震わせる彼女に、ノーナが火の玉の姿のまま、はっきりと答えた。

『そうよ、ベティ。貴女が示した正しい気持ちが、召喚士にさせたのよ』

なんとなく、ノーナは理解してたんだと思う。

ベアトリクスに本当に大事なものと、それを手に入れた当然の結果を。

「……う、うう……！」

彼女の震えが唇から、背中を伝い、体中に届く。

とうとうベアトリクスの涙が大粒になった時、彼女の感情は決壊した。

「うわあああああんっ！　びええええええんっ！」

ノーナを抱きしめて、彼女は大声を上げて泣いた。

地面に膝をついて、自分の無理を聞いた末に火の玉になってしまったフェニックスへの申し訳なさか、あるいは召喚士になれた喜びか。

いや、今はどちらだっていい。

召喚士と召喚獣の絆が、これ以上ないくらいに強まったんだから。

『良かったわね、ベティ……本当に、貴女は私の誇りよ……！』

火の玉をずっと強く抱きしめて、ベアトリクスはわんわんと泣いている。

ブッチは僕の隣で、そんな彼女達を、腕を組んで見つめてた。

「やったじゃねえか、ピーター。これで全部丸く収まって、ハッピーエンドってわけだ」

いつもよりちょっぴり素直なブッチの笑顔を、僕は隣で見つめる。

僕が試験に合格できたのも、ベアトリクスとノーナの絆を再び紡げたのも、ブッチのおかげでもあるんだ。

なんて言えば、彼はきっとそっぽを向いて顔を見せなくなるに決まってる。

だから今は、笑っているだけでいい。

きっと言葉にしなくたって、ブッチには気持ちが通じてると思うから。

「……何だよ、俺様の方をちらちら見やがって」

「んー？　何でもないよ、ブッチ」

「嘘つけ。お前がそう言う時は、いつもくだらねーこと考えてんだよ」

「何でもないってば。うん、何でもないよ」

「正直に言いやがれ、こんにゃろ！」

ブッチが僕に飛びついて、髪をわしゃわしゃといじくり回す。

僕はちょっとだけ抵抗しながら、ブッチとはしゃぐ時間を楽しむ。

当たり前のように過ごす時間が、今も、これからも、きっとたまらなく愛おしい。

そうだ――これがきっと、召喚士になる、本当の喜びなんだ。

ベアトリクスとノーナが手に入れた絆や、召喚士見習いの青年とライカンスロープがこれから紡いでいく信頼や、ジェイスさんとジョセフィーヌの変わらない愛情。

見えないけど、いつだってそこにある、決して切れないつながり。

それを愛し、守っていくのが、僕ら召喚士なんだ。

頭の上に感じる温かさと肉球の柔らかさを確かに感じながら、僕は小さく笑った。


この日、召喚士の歴史の末端に、二人と二匹の名前が刻まれた。

ピーター・サンダースと召喚獣ケットシーのブッチ。

ベアトリクス・ランカーバックと召喚獣フェニックスのノーナ。

二人は新米召喚士で、今はまだ誰かの記憶に残るほどの偉業なんて成し遂げちゃいない。

きっとすぐに忘れられて、次の合格者にかき消される程度の名前だ。

――今はまだ、ね。

――いつかどちらの名前も、誰も忘れられないようになるはずだよ！

第九章

モルデカでの試験から、あっという間に三日が経った。

合格当日、召喚士試験の合否はさほど珍しくないからか、町でのリアクションは軽く祝いの声をかけてくれるくらいだったけど、宿の夫婦は違った。

僕らよりずっと感極まった様子で泣いてて、「サンダースの坊ちゃんの合格祝い」だなんて言って、宿の食堂で豪勢なパーティーを開いてくれたんだ。

もちろん、ベアトリクスとノーナも誘ってね。

美味しい料理と樽いっぱいのジュース、飲めや歌えの大騒ぎ。

ちなみにジェイスさんは夫婦に正体を明かしても、態度はあまり変わらなかった。

むしろパーティーの途中ですっかりべろんべろんに酔っぱらって、ひっくり返って酒の樽を抱いて寝てるところを、朝方、宿の外に放り出されたくらいだよ。

あんまり酒癖が悪いからか、宿の玄関にはとうとう『ジェイス・ダン・ガルセンお断り』って張り紙が出されてた。

顎が地面に着くくらい驚いたジェイスさんを見て、ブッチやベアトリクスは大笑い。

ウィルマも（本当はダメだけど）僕も、笑いをこらえきれなかった。

そんな楽しい日々は、あっという間に過ぎた。

「――で、次の目的地は、どこにするんだ？」

そして僕らは今、モルデカの北端の門の前にいた。

銅五等級召喚士試験をクリアした僕とブッチは、次の試験を受けるべく、町を出るんだ。

町を出る方角に立つ僕らを見送ってくれるジェイスさんの問いに、僕はブッチとウィルマを両隣に携えて答えた。

「四等級の試験を、ここから北にまっすぐ進んだ先にある町、ヴィストーノで開催するって、町の人が教えてくれました。次は、そこに向かおうと思います」

「お前とブッチなら、必ずクリアできるさ。期待してるぜ、ピーター」

「ありがとうございます、ジェイスさん！」

がっしと握手をしてくれる彼の手のひらは、驚くほど力強く、触れているだけで勇気を分け与えてくれる。

あの酒癖とダラダラしたところが演技だったら、女性がアプローチをかけてきたっておかしくないくらい、ハンサムで格好いい人なのになあ。

「ところで、あのゴーレムは無事なのかよ？」

「ずしーんと、すっ転んでいましたが～」

「無事も何も、足を削られたくらいじゃあダメージのうちにも入らないっつーの」

ただ、ゴーレムのジョセフィーヌについて話す時の彼の目は、紛れもなく銀等級召喚士だ。

相棒を強く信じて、微塵も疑わない、勇猛さと理知さに満ちた目をしてる。

「本気で俺とジョセフィーヌを倒したいなら、もうちょっと経験を積んでくるんだな。少なくとも、そうだな、銀等級に昇格したら、本気で相手してやるよ」

「戦うだなんて、そんな……」

「じゃあ、銀等級への昇格条件が、俺に勝つことなら、どうする？」

試すように聞いてきたジェイスさんに対して、僕は少しも目を逸らさなかった。

「……勝ちます。僕とブッチの力で、ジェイスさんを倒します」

「いい目だ。とても、十歳ちょっとには思えないぐらいにな」

はっきりと告げると、ジェイスさんは口端を吊り上げて笑った。

僕を軽く見ているわけじゃない、本当に戦うとなったらすべての力を使って叩き潰すと宣言してる目だ。

つまり、僕を対等な相手だと、召喚士だと認めてくれた証拠の目だ。

そうして互いに、にっと笑ってから、彼は僕のそばにいる人に視線を向けた。

「そんでもって、ピーターがヴィストーノに行くなら、ベアトリクスも同じ町に行くのか？」

僕と同じく、今日ここを旅立ってゆくのは、ベアトリクスだ。

最強の召喚士になるという大きな夢を持つ彼女にとっては、試験を終えた町にそこまで関心はないのかな、と勝手に思い込んでた。

でも、実際はそうじゃないみたい。

「ううん、あたしは別の町をいくつか巡ってから、試験を受けることにしたわ。ノーナの回復も兼ねて、ピーターみたいに、いろんなところを旅してみたくなったの」

ベアトリクスの心は、初めて出会った時よりももっとずっと、成長していた。

それはきっと、僕らよりもノーナの方が理解しているだろうね。

「ノーナさん、回復にはまだ時間がかかるみたいだね」

『安心して。翼が少し戻ってきたし、炎はもう使えるわ』

主人の周りをふよふよと漂うノーナは、自身の言う通り、火の玉に小さな翼が生えた状態まで回復していた。

そんなノーナを軽く撫でてから、ベアトリクスは僕をびっと指さした。

「もしもヴィストーノで会ったら、今度はあんたに後れを取らないわよ。次こそあたしがノーナと一緒に完全勝利して、あんたより強いって証明してあげる！」

初めて会った時と変わらない、強気な性格と勝利宣言。

違うとすれば、僕とベアトリクスが、もうすっかり友達だってところだよ。

「うん。またベアトリクスと会えるのが、楽しみだな」

「むっ！　余裕しゃくしゃくって態度が、なんだか気に入らないわね！」

腰に手を当てて顔を寄せるベアトリクスに、ブッチはひげを揺らして試すように笑う。

「俺様もピーターも、べそかいてたガキンチョになんか負けねえってことだよ」

「きーっ！　一言多いのよ、この野良猫っ！」

するとベアトリクスは、ほとんど反射的にブッチの尻尾を引っ張った。

「あだだだだ！　尻尾を掴んでんじゃねえよ、チビ！」

悶絶《もんぜつ》するブッチと、ぶんぶんと彼を振り回すベアトリクス。

どうやら彼女は、僕が思っているよりずっと、あの時の失敗を経て強くなったみたいだね。

『相変わらずね、ベティとブッチは』

「そうでしょうか？　僕には何だか、二人ともずっと、仲良くなったように見えます」

ノーナはそうね、と答えてから、僕のそばまで来て、翼をかすかに揺らす。

まだフェニックスの姿に戻れていない彼女の意志表現はこれだけなんだけど、何を伝えたいかが察せるから、召喚獣というのは本当に不思議だね。

『……ピーター君。ベティも言ってたけど、次に会う時は、私も彼女も強くなっているわ。その時は、モルデカでの借りを返すわね』

凛《りん》、とした声に、僕は頷き返す。

「安心してください。僕もブッチも、きっともっと、強くなってます」

僕はここで成長を止めるつもりはない。

ベアトリクスがたくさんの経験を積んで強くなるのなら、僕ももっと多くの出会いと戦いを経て、召喚士として、人間として強くなるんだ。

何もできずに死んだ、前世とは違う。

この世界で僕は、できなかった分、もっともっと成長したいんだ。

『……本当にいいライバルを持ったわね、あの子は』

表情はわからないのに、ノーナが笑った気がした。

そのうち彼女は、ゆっくりと主《あるじ》のもとに飛んでいく。

『ベティ、そろそろ馬車が出るわよ』

「わかったわ！　この、こんにゃろっ！」

いまだにブッチと取っ組み合っていたベアトリクスが、黒猫のひげを三本ほど勢いよく引き抜いて、やっと喧嘩は終わったみたい。

あれはどう見ても、ベアトリクスの勝ちだね。

「ふぎゃーっ！　こいつ、俺様のひげを引っこ抜きやがった！」

「どうせ生えてくるんだし、みみっちいこと言わないの！」

ジタバタと暴れるブッチの言い分を一蹴して、彼女は僕をびしっと指さす。

勝ち気で強気な表情なのに、決闘を申し込まれた時とはまるで違う。

それは一皮むけたベアトリクス・ランカーバックの、太陽のように明るい笑顔。

「ピーター！　あたしともう一度会うまで、誰にも負けんじゃないわよ！　あんたと試験で戦って勝つのは、このベアトリクス・ランカーバックなんだから！」

はっきりと僕に言って、彼女は白い歯を見せて笑った。

ああ、こりゃ大変だ。

金等級の召喚士になるなら、こんなに強いライバルと切磋琢磨《せっさたくま》して、いつかは打ち勝たなきゃいけないのかもしれないんだから。

でも、僕だって負けないよ。

君にノーナっていう最高の相棒がいるように、僕にはブッチがいるんだからね。

「楽しみにしてるよ、ベアトリクス」

「ええ、楽しみに待ってなさい！」

僕も笑顔で応えると、ベアトリクスとノーナは、僕らが向かう道とは別方向に行く馬車に乗って、モルデカを去ってゆく。

「またね、ベアトリクス」

再会を願う言葉を僕がつぶやいた時には、もう、馬車はすっかり見えなくなってた。

僕もブッチも、ウィルマもジェイスさんも、どこか爽やかな気分だ。

「行っちゃいましたね～」

「じゃ、俺様達もそろそろ、モルデカを出るとするか。居心地の良い町だ、あんまりダラダラしてってと、もう一泊したくなっちまうからな」

「ジェイスさん、本当にお世話になりました。いつか必ず、お礼をさせてくださいね」

僕がジェイスさんに深く礼をすると、彼は下唇を突き出して、おどけた顔を見せてくれる。

「おう、達者でな！」

今までの出会いや騒動が嘘のように、僕らはあっさりと手を振り、町を離れた。

これが今生の別れじゃないって知ってるから、もう一度どこかで必ず会えるって知ってるからこそ、モルデカを離れられた。

いいや、そうじゃなくたって、僕はいつか町を出ていたと思う。

だって僕らの夢は、もっとずっと遠くにある、偉大で壮大なものなんだから。

「次の町までは、歩いて一週間……いくつか村や町を経由していかないとね」

白い石で整えられた道を歩きながら、僕は地図を開く。

バツ印をつけられた次の目的地に辿り着くには、屋敷からモルデカに来るまでの道よりもちょっぴり長く、険しいルートを進まなきゃいけない。

僕とウィルマは歓迎でも、ブッチの顔はやっぱり渋い。

「あーあ、また歩きかよ。馬車の一つでも使わせてくれよな！」

「ダメですよ、ブッチ様～。自分の足で歩いて、外の世界を見てゆくのも、試練の大事な事柄ですから～」

「へーへー。まったく、金等級召喚士と同じで、長い道のりだぜ」

手を後ろに回して愚痴をこぼすブッチに、僕は言った。

「その道のりに、意味があるんだと思うよ、ブッチ」

もし、僕らがただ金等級の召喚士を目指すためだけに旅に出たなら、すべての過程は邪魔なだけで、一番楽で早い手段を選んでいただろうね。

「最後に辿り着く場所や、手に入れるものだけじゃない。その過程も、僕はとても好きなんだ。ブッチとウィルマとの旅も、ベアトリクスとの出会いも、試験のことも」

僕にとって、この旅は召喚士になるだけの旅じゃない。

新しい出会いにワクワクする。

ブッチやウィルマと一緒に戦うのにドキドキする。

驚きと興奮と喜びに——病室の中から見ていただけの世界よりも広い、果てしなく広い、無限にも思える感動に出会いたい。

それはきっと、転生した僕に与えられた、最大の権利だ。

「こっちの世界に生まれ変わって、僕、今、とっても幸せだよ」

そんな喜びが胸に押し寄せてきて、僕はついうっかり、言っちゃいけないことをカミングアウトしてしまった。

はっと気づいた時には、ウィルマとブッチが足を止めて、僕を見つめてた。

「生まれ変わって〜……?」

「あ、ごめん！　こっちの話だよ、何でもない！」

慌てて取り繕う僕を不思議に思っているらしいウィルマはともかく、ブッチはなんだか指の爪をこめかみに当てて、考え込んでる。

どうしたんだろう、と僕が顔を覗き込もうとするより、彼が先に口を開いた。

「……なあ、ピーター」

「どうしたの?」

彼の大きな目はいつもより真剣で、厭世的な感じは少しも見受けられない。

その理由は、ブッチの問いかけにあった。

「お前さ——俺様と、ずっと昔から知り合いじゃなかったか?」

「え?」

僕はぴたりと足を止めた。

胸の奥、忘れそうになっていたところから、何かが波のように押し寄せてくるのを感じる。

「なんか、そんな気がするんだよ。大召喚士に呼び出されるずっと、もっと前……なんつったらいいのか、そう、前世っていやあいいのか、わかんねえけどよ」

それはきっと、ブッチも同じだ。

僕と同じで、心のどこかにつっかえたものが気になっている。

だから僕に、存在しないかもしれない、記憶よりもずっと古い感覚について語り出したんだ。

「俺様とお前は、どこか別の世界で、一緒にいたんだと思う」

そしてブッチの結論を聞いて、僕もやっと納得した。

ああ、そうか。

僕はずっと忘れてたんだ――病室での、最後のやり取りを。

死の淵に立つ僕が、すべてを諦めてなお、捨てられなかったつながりを。

月夜の晩に枕元に来てくれた黒猫が、頬を寄せてきてくれたのを、どうして僕は今の今まで忘れていたんだろう。

あんなに温かい黒猫の毛並みと、優しい黒猫の瞳を。

『ねえ、僕達、ずっと友達だよね？』

ぜいぜいと、出しているかどうかもわからない声で、僕が聞いた。

『にゃあん』

黒猫がなんて言ってるのか、僕は最期まで猫の言葉を理解できるわけでもなかった。

だけど今だけは、あの子が僕に「もちろん」と言ってくれた気がしたんだ。

『ありがとう。生まれ変わっても、きっとずっと、友達だよ』

思い残すことがなかったなんて言えば、嘘になる。

でも、僕はあの黒猫がいるだけで、死の恐れも悲しみも薄れていくのが感じ取れた。

あの日、あの時の思い出を共に抱いているなら。

もしかすると、やっぱり、ブッチの正体は――。

「……なーんて、つまんねえこと言っちまったな！」

僕が口を開くよりも早く、ブッチが両手を頭の後ろに回し、とことこと歩き出した。

うん、知ってるよ。

ブッチが恥ずかしいって気持ちを抱いてる時に、そうするってさ。

「ほら、さっさと次の町に行くぜ！　モルデカに向かった時は山奥を歩かされたからな、今度は平たんな道じゃねえと、俺様は……」

いつもより大股で歩くブッチの手を、僕は思わず引き留めた。

「ブッチ」

「あ?」

彼があの時の黒猫なら、いや、そうでなくとも。

僕は今、ブッチの心に応えてあげたい。

召喚獣の相棒として、僕は彼がどこかで望んでいることを、叶《かな》えてあげたいんだ。

「手、つなごっか」

とりあえず今は――手をつなぐだけ。

僕にできる、一番小さいけれど、一番大きな友情の証。

「はぁ？　なんで俺様が、んなこと……」

いつものようにブッチは口を尖らせたけど、少しだけ尻尾を振ってから、手を突き出した。

「……ケッ」

ありがとう、ブッチ。

言葉に出さずとも、心の中でそう言って、僕は彼と手をつないで歩いてゆく。

「あらあら～。お二人とも、なんだか楽しそうですね～」

「ほら、ウィルマも！」

「はぁ～い♪」

ブッチと右手を、ウィルマと左手を。

それぞれつないで、真ん中に僕がいる。

三人で並んで歩くなら、何もない道だってたまらなく楽しくて、愛おしい。

「ったく、親子じゃねえんだぞ」

「わかってる。血よりも、何よりも、ずっと強い絆だよ」

「……ああ、そうだな」

僕らの足音は遠くなって、やがて白い石畳が続く道から、丘の方へと向かっていった。

この手が離れても、心までは離れないって、僕は確信してた。

僕の名前はピーター・サンダース。

相棒は黒猫、ケットシーのブッチ。

金等級の召喚士を目指して、メイドのウィルマと一緒に旅を続けてる。

多くの出会いと、冒険と、思い出と共に、僕は夢を叶えてみせる。

そう――大好きな相棒と一緒に、ね。

◇◇◇◇◇◇◇◇◇

「うぉぉぉぉ～ん！　ピーターが、ピーターが召喚士になったよぉ～っ！」

「昨日からずっとこの話ばっかり！　嬉しいのはわかるけど、ずっと騒いでたらお尻を蹴っ飛ばすわよ、あんた！」

「我々の心配は杞憂だったようだな、ラムダ」

「ああ、エイブラムス兄様。ピートならできると信じていたよ」

「……ところで父様、ピーターの召喚獣について、少し気になることがあるのですが」

「ふむ、どうした、エイブラムス？」

「しばらく前に、王宮の地下から厳重に保管された書物が見つかったそうです。古代文字のため、解読にはかなり時間がかかっていますが、大召喚士オルドリードが遺した文献かと」

「ほう、そりゃあまた、すごい発見じゃないか！」

「問題は、そこに記された内容です。これまで謎に包まれていたオルドリードの召喚獣について、はっきりと正体が書かれていました」

「なんだって⁉」

「彼の召喚獣は――黒い、ケットシーだったそうです」

「……まさか」

「エイブラムス兄様、まさかピートの召喚獣が……！」

「そうだ、ラムダ。ピーターは、俺達のような金三等級どころか……神が仕わした、歴史に名を刻む大召喚士なのかもしれないぞ」

「あはは、だから言ったでしょう！　ピーターはできる子だって、最初から信じてたわ！」

「……本当に、あの子はすごい子だ」

「これでわかったでしょう、父様。ピートは見守ってやれば、自分の力で未来を切り開く、神に愛された子です。だから……」

「よぉ～しっ！　さっそくピーターのお祝いだ、あの子に会いに行くぞ～っ！」

「「やめんかいっ！」」

「ご、ごめんよぉ～っ！」

あとがき

はじめましての方は、はじめまして。

前回も同じ書き出しだな、と思った方は、お久しぶりです。

いちまるです。


実を言うと、このあとがき、書くのがとっても苦手です。

どんな文章がいいか、何を伝えるべきか、毎度毎度悩みながら——ひいひい言いながら、原稿と向き合っている気がします。

やっぱり、お話しするなら本作のテーマがいいですよね。


今回は珍しく、『バディもの』を書かせてもらいました（しかも相棒は黒猫！）。

相棒ブッチはすごく人生（もしくは猫生）経験が豊富で、他の召喚獣ではかなわないほどの力を持つのですが、一匹では力を発揮できません。

そこで輝いてくるのが、どこか自分を信じられていない少年、ピーター。

彼の持つ力と機転で、ブッチは真の力を発揮し、トラブルを解決します。

つまり何が言いたいのかといいますと、「ひとりでできないことも、誰かと手をつなげばできる」、ってわけです。

自分自身、執筆をしていて強く思うことでもあります。

いろんな人に、多くの人に助けられ、助け合って、今の自分がいる。

助けられてばかりじゃなく、手を差し伸べて、共に歩けば、新しい道が見える。

だからってわけじゃありませんが、いつだって手をつなぐ勇気と優しさを持って、生きていきたいものですね。


……なんか、年取って説教臭くなった気がします。


さて、お別れの時間がやってまいりました。

『転生ちびっこ召喚士、伝説のもふもふと異世界旅に出ます～過保護な家族に見守られながら、相棒ケットシーとのんびりな日々～』の主人公コンビを描いてくださったキッカイキ先生。

アドバイスを山盛りマシマシでくださった担当編集様。

ここまで読んでくださった読者の皆様。

本当に、ありがとうございます。

ではまた。引っ越し先の空気に慣れたころに、お会いしましょう。

いちまる

転生ちびっこ召喚士、伝説のもふもふと異世界旅に出ます
～過保護な家族に見守られながら、相棒ケットシーとのんびりな日々～

2024年11月22日　初版第1刷発行

著　者　いちまる

発行人　菊地修一

発行所　スターツ出版株式会社

〒104-0031　東京都中央区京橋1-3-1　八重洲口大栄ビル7F
TEL　03-6202-0386（出版マーケティンググループ）
TEL　050-5538-5679（書店様向けご注文専用ダイヤル）
URL　https://starts-pub.jp/

印刷所　大日本印刷株式会社

ISBN　978-4-8137-9386-1　C0093　Printed in Japan

[いちまる先生へのファンレター宛先]
〒104-0031　東京都中央区京橋1-3-1　八重洲口大栄ビル7F
スターツ出版（株）　書籍編集部気付　いちまる先生